NOIR
-Les deux vierges-

noir――
其はいにしえよりの運命の名――
死を司る二人の処女――
黒き御手は嬰児の――
安らかなるを護り給ふ――

NOIR
-Les deux vierges-

CONTENU

P04 noir rapport #1 : Mireille Bouquet
P16 noir rapport #2 : Yumura Kirika
P28 noir rapport #3 : Chloe
P34 noir rapport #4 : Altena
P40 Vërification
P46 Montclë
P47 Le Monde
P48 rëcit
P75 INTERVIEW
P80 NOIR GALERIE
P94 STAFF & CAST LIST

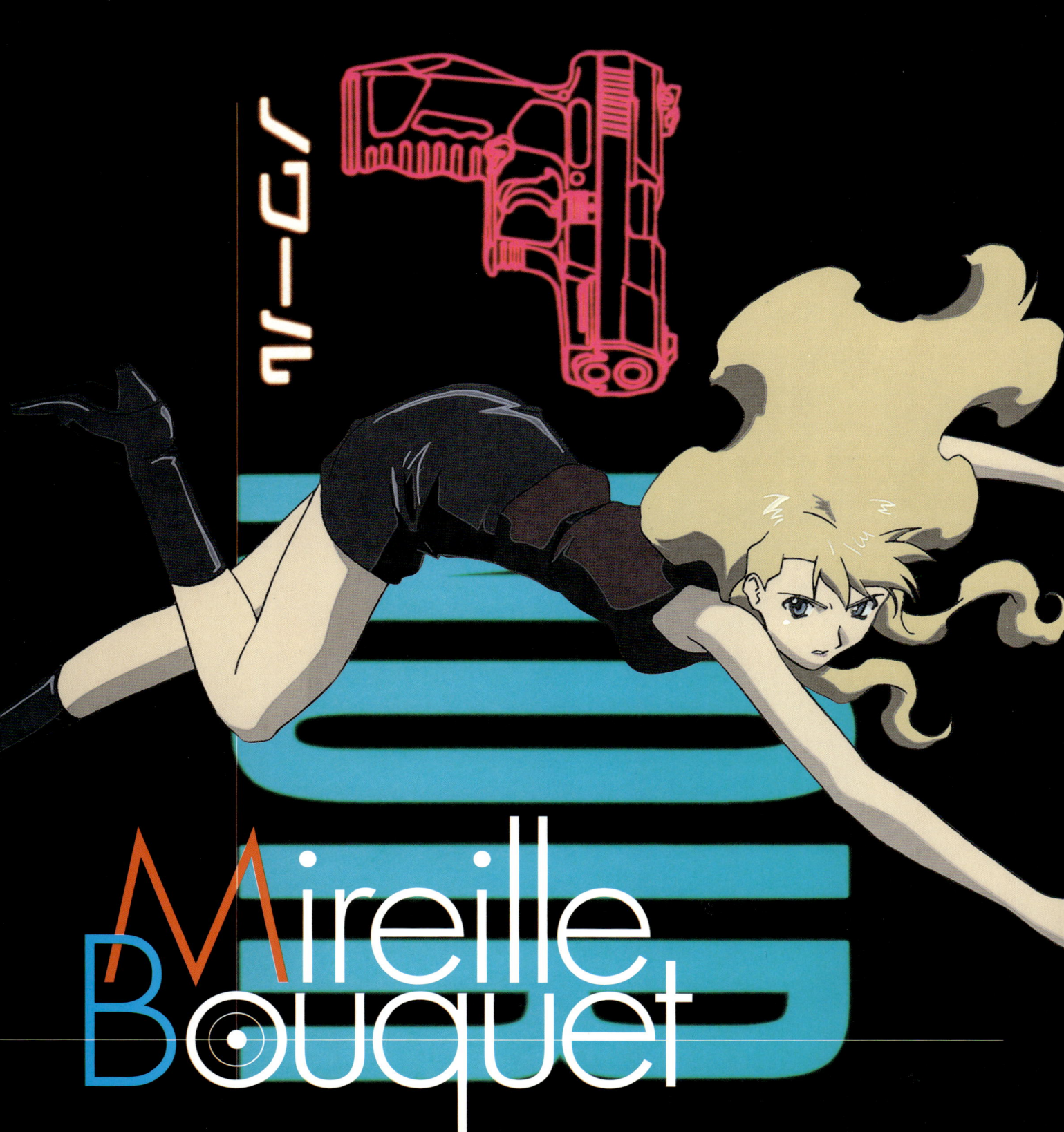

「私はこのゲームに勝ち続けるしかない」

すべてはあの日から始まった……。
両親の仇を討つために、
私の殺し屋としての人生が。
あなたは得体の知れないところもあるけれど、
いまは大切な相棒よ。
でもすべてが終わったときには……、
わかってるわね、霧香？

幼き日との再会

ある日、アパルトマンにて——。

「道を開けなさい。
闇の暗さを怖れるなら」

「ニュータイプ2001年8月号」より
illustrated by YOKO KIKUCHI
finished by SAYURI YOSHIDA (STUDIO ROAD)

「私、人を殺せる……こんなに簡単に。なのに私、どうして悲しくないの?」

失われた記憶を

求めて…

あの日、目が覚めたら、
何かが違っていた……。
家族も、学校も、名前さえも、
全部ニセモノだった。
頼れるのはあなたしかいない……。
どうして、私はこんなに
簡単に人が殺せるの？
私は誰？
教えて……ミレイユ。

暗殺は何のために？

「ニュータイプ2001年7月号」より
illstrated by SATOSHI OSAWA
finished by NAOKI FUKUYA (STUDIO ROAD)
background by MASAYUKI KUROSAWA (Bee Train Digital)

Chloe

「あなたと私は真のノワール」

あの日のあなたを見て、私は決意しました。
あなたと並び称される「ノワール」になりたいと。
……夢のようです。
どれほどこのときを待ち望んだことか。
儀式が済んだら、あなたのお友達も呼びましょう。
そしてまた3人でお茶を飲みましょう。
もう一度、月夜の晩に……。

Altena

「愛で人が殺せるなら……
憎しみで人を救えもするだろう」

私はこのときを長い間待っていました。
グラン・ルトゥール、大いなる回帰。
人の世は常に暗黒に閉ざされてきました。
業苦に満ちた世界から
目をそらしてはなりません。
私たちはもっとも許されざる罪を
この身に背負いましょう。
あなたたちは選ばれた苗木なのだから。

Altena

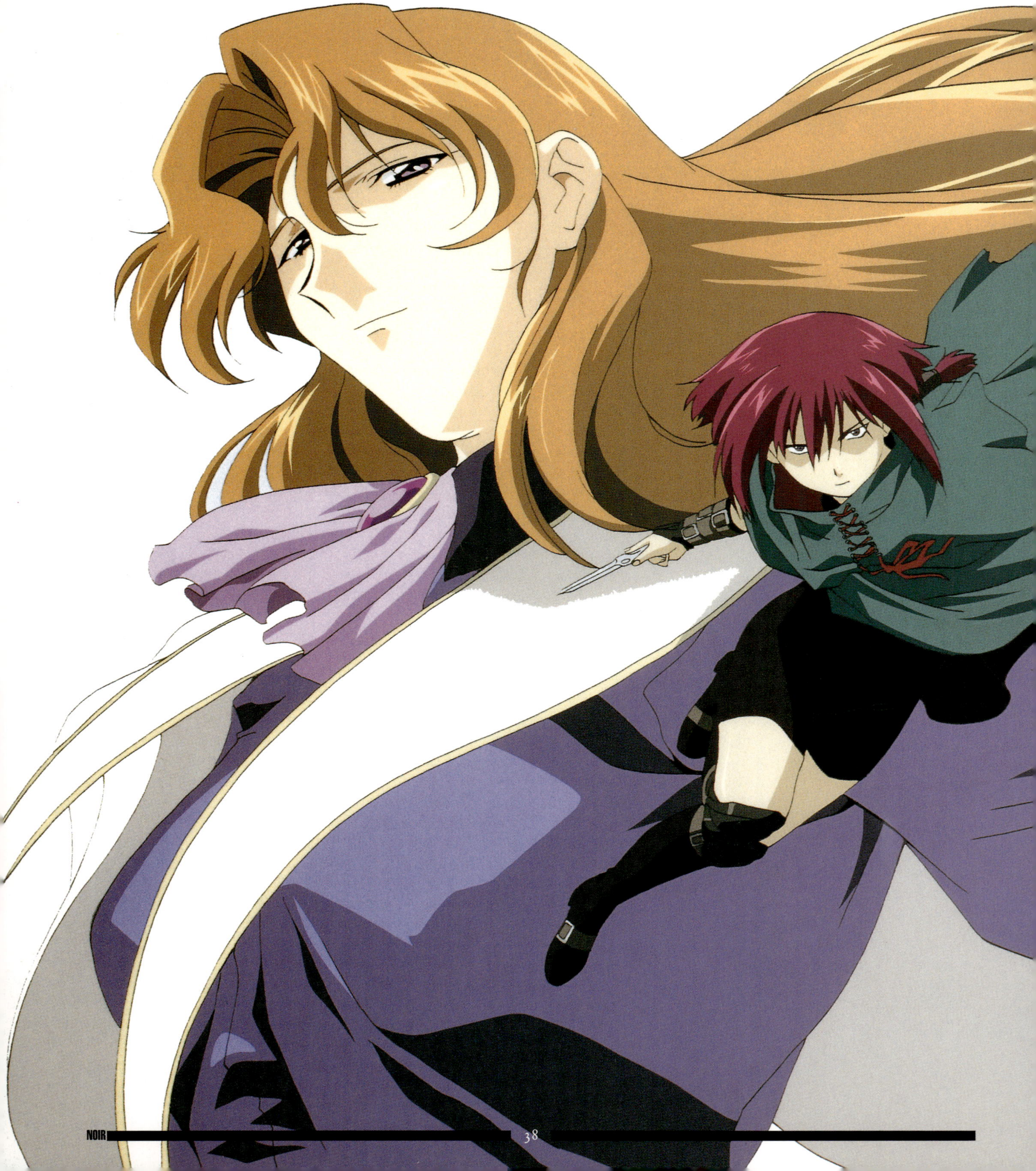

揺るぎなき視線

「ニュータイプドットコム2001年9月号」より
illustrated by SATOSHI OSAWA
finished by SAYURI YOSHIDA (STUDIO ROAD)

検証 フィルムノワール

「ノワール」の企画当初にスタッフがめざした作品イメージは「フィルムノワール」と呼ばれた映画のジャンルだったという。現実世界の光と闇を描く「フィルムノワール」の世界とは、どのようなものなのだろうか。

■フィルムノワールという名称

「フィルムノワール」とはフランス語で「黒い映画」もしくは「闇の映画」という意味であり、1940年代初めから1950年代にかけて、アメリカのハリウッドで作られた低予算の犯罪映画や探偵映画を指すものである。それならば、どうして英語ではなくフランス語による名称なのか。第2次世界大戦後、ドイツ軍による占領から開放されたフランスには各国の映画が流れ込んできた。そこで、アメリカ映画と再会したフランスの映画ファンたちは、戦前のフランス映画と同様にアメリカ映画も黒い色調で画面が統一されていることを知り、それらを「フィルムノワール」と名付けたというのが一般的な見解である。しかし、1945年にパリのガリマール社から発売された犯罪推理小説叢書「セリ・ノワール（暗黒叢書）」にあやかって命名されたという説もあり、はっきりとした確証はない。

■時代を反映した世界観

フィルムノワールの特徴といえば、その名の通り光と闇のコントラストがまず挙げられる。切れかかって点滅を続けるネオンサイン、夜の街並みをすっぽりと包み込む深い霧、闇夜を照らす車のヘッドライト。これらの要素は陰影を重視するフィルムノワールには欠かせないものである。暗闇の中から浮かび上がる登場人物の表情が、非現実的な世界を醸し出し、観客を作品世界へと引きずり込むのだ。また主人公が犯罪者であることも特徴の一つである。彼らは、世情に対する不信感、襲いくる孤独、心の底から湧きあがってくる魂の叫びなどを観客に訴えかけながら、多くは人生の坂道を転げ落ちていく。当時の倫理観では、犯罪者の最後は死ぬか、捕まるかの2択だったため、これらの作品には、原則として「ハッピーエンド」というものは存在しない。そして、暴力と退廃が支配する世界観の中、犯罪者だけでなく、探偵や刑事など登場人物全てが暗い影や心の傷を背負って生きているのだ。

■誕生前夜

なぜフィルムノワールは生まれたのか。それにはまず1920～30年代がどのような時代だったのかを知らなくてはならない。1920年代初頭、ドイツでは「表現主義演劇」が盛んになり、ロベルト・ビーネ監督の『カリガリ博士』（1919年・独）やフリッツ・ラング監督の『メトロポリス』（1926年・独）などの名作が生まれた。しかし、その後、ナチスによる迫害が始まり、映画作家・技術者はアメリカへと亡命。こうして、表現主義は内包するペシミズムと共にアメリカへと持ち込まれることになった。折りしも、アメリカ国内はハードボイルド小説全盛時代。ダシール・ハメット、あるいはレイモンド・チャンドラーらにより、大都市の暗黒街を舞台にした友情と裏切りが数多く描かれた。これらは後にフィルムノワールの大きな主題となる。一方、30年代に全盛期を迎えたハリウッドのギャング映画は次第に大衆に飽きられていた。そこで映画界は新しい味付けを施して銀幕へと送り出す。フィルムノワールの誕生である。

ジェームズ・ケインの代表作「倍額保険」を名監督ビリー・ワイルダーが映画化したフィルム・ノワールの先駆的作品。保険勧誘員のネフは、偶然知り合った美貌の人妻フィリスと共謀。保険金目当ての完全犯罪を計画し夫を殺害するが……。

深夜の告白
（1944年・米）
ビデオ発売元：CIC・ビクタービデオ
2,893円（税別）／発売中

■全盛期、そして衰退へ

　フィルムノワール最初の作品というのは諸説があるが、一般的にはジョン・ヒューストン監督の『マルタの鷹』（1941年・米）、もしくはビリー・ワイルダー監督の『深夜の告白』（1943年・米）がそれとされている。この時代ハリウッドで制作されたほとんどの作品はフィルムノワールだったといっても過言ではないだろう。主だったところでは、ハワード・ホークス監督の『三つ数えろ（1946年・米）』、オーソン・ウェルズの『黒い罠（1958年・米）』、ジャック・ベッケル監督の『現金に手を出すな（1952年・仏＆伊）』など。あの巨匠スタンリー・キューブリックも初期には『現金に体を張れ』（1956年・米）といった名作を監督しているのだ。こうして映画史に一時代を築いたフィルムノワールだが、1950年代末を境にして急速に廃れていく。原因はカラー映画の登場とTVの普及である。色調が単調なフィルムノワールはカラー時代にそぐわないとされ、低予算が売り物だったギャング映画はTV番組に取って代わられることになったのだ。

■多様化の時代

　その後、フィルムノワールは本国フランスにおいて、ジャン・ギャバン、ジャン・ポール・ベルモンド、アラン・ドロンといった名優たちの手により花開くことになる。特にジャン・ギャバンとアラン・ドロンの２大スターが共演した『地下室のメロディ』（1963年・仏）は、傑作として今も高い評価を得ている。また、フィルムノワールに欠かせないのが、男を翻弄する魔性の女—ファムファタル（運命の女）であるが、近年ではそのファムファタルを主人公とした作品もいくつか見られる。魔性という点では『氷の微笑』（1992年・米）、バイオレンス度なら『蜘蛛女』（1994年・米）が代表作だろうか。特に後者は、これまでにない激しさで男を屈服させる主人公の姿が、従来のファムファタルのイメージを打破してくれる快作である。一方、フィルムノワールは遠くアジアにまで影響を与えた。ジョン・ウー監督の最高傑作『男たちの挽歌』（1986年・香港）に端を発する香港の犯罪映画「香港ノワール」の登場である。地域だけではない、リドリー・スコット監督の『ブレードランナー』（1982年・米）ではジャンルを飛び越えＳＦ映画にまでフィルムノワールは進出し、世間を驚かせている。

■フィルムノワールの現状

フィルムノワールは、広く犯罪映画を表すことばへと姿を変え、現在も生き続けている。近年では、アカデミー脚本賞を受賞した『クライングゲーム』（1992年・英）や、オリジナル脚本賞を受賞した「ユージュアル・サスペクツ（1995年・米）」など。また記憶に新しいところでは、1950年代のロサンゼルスを舞台にした『Ｌ.Ａ.コンフィデンシャル』（1997年・米）がある。『タイタニック』旋風が吹き荒れる中、最優秀助演女優賞(キム・ベイシンガー)と最優秀脚色賞を獲得し、大いに話題になった。最後に、正式にはフィルムノワールではないかもしれないが、『ＮＯＩＲ』に大きな影響を与えたとされる作品としてリュック・ベッソン監督の『ニキータ』（1999年・仏）を挙げておきたい。暗殺者として育てられた女主人公が、やがて恋をして苦悩するところなど本作品と合い通じるところは多い。『ＮＯＩＲ』の作品世界を理解する上で、決して避けては通れない作品だろう。

いまをときめくジョン・ウー監督の傑作。偽札偽造組織のホーとマークは親友同士。ホーの弟キットは警察になることを夢見る青年。３年後、違う道を歩みはじめていた３人は、組織を牛耳る悪党を倒すため、再び手を取り合い戦いに挑んでいく。

男たちの挽歌
(1986年・香港)
DVD発売元：カルチュア・パブリッシャーズ
3,800円（税別）／発売中

検証 秘密結社

ミレイユと霧香をあるときは導き、またあるときは試練を与えてきた謎の組織ソルダ。このソルダのような秘密結社は、現実世界においても、架空の物語の中でも数多く存在している。はたして秘密結社の実態とはどのようなものなのだろうか。

■秘密結社の誕生

そもそも秘密結社ということばがささやかれ始めたのはいつごろだろう。一説によるとその誕生は中世ルネサンス期のヨーロッパだと言われている。この時代はそれまでの地味で固いイメージの建物は姿を消し、豪華な装飾を施した教会や寺院、宮殿などが各地で競い合うように建てられた。その派手な彫像やステンドグラスは、まさに権力の象徴だったのである。当然建設期間は長期に渡り、そのため工事に携わる人数は膨大なものに膨れ上がっていった。こういった何十年にもプロジェクトを完成させるために結成されたのが、大工や石工など職業別に分けられた職人組合(ギルド)であり、このギルドこそ秘密結社の原型ではないかと言われている。

■フリーメーソン

中世以後、秘密結社は世界各地で次々と誕生した。古代アトランティスの叡智を受け継ぐ「薔薇十字団」、ヒトラーが傾倒したという「トゥーレ協会」など、数を挙げていけばきりがない。そんな数多の秘密結社の中でも最大といわれるのが、全世界での会員数1000万人を誇る「フリーメーソン」である。そのメンバーにはモーツァルト、ベートーベン、コナン・ドイル、スタンダール、リンドバーグ、クラーク・ゲーブルと、古今東西を問わず各界の著名人が名を連ねている。石工ギルドを原型としたこの秘密結社は、文字通り君主や教会などから税金を免除された自由な特権階級として君臨した。17世紀に思想グループへと変貌を遂げたフリーメーソンは、勢力を広げながら今日に至るのである。なお、映画『くたばれ!アマデウス』(1986年)にはモーツァルトの死とフリーメーソンの関係が描かれており、サリエリ犯人説をとる『アマデウス』(1984年)との違いを比較してみるのも面白いだろう。

■K.K.K.(クー・クラックス・クラン)

ヨーロッパのフリーメーソンに対して、アメリカで生まれた最大の秘密結社は「K.K.K.(クー・クラックス・クラン)」である。この組織は、奴隷解放宣言の直後である1865年、テネシー州ブラスキで結成された。その目的は黒人を抑圧し白人優位の社会を取り戻すことであり、メンバーの多くは権利を奪われた旧南部の軍人層であった。彼らは、三角の頭巾のような衣装を身にまとい黒人たちを恐怖に陥れたが、次第に隣地や殺人にまでエスカレートし、ついには政府の介入で解散させられてしまった。その恐るべき実態は、これまで何度か映画の中でも描かれており、中でも巨匠グリフィス監督の代表作『国民の創生』(1915年)はK.K.K.を肯定的に描写したことで有名である。また映画『フォレスト・ガンプ』(1994年)の主人公のファーストネームは、後にK.K.K.の首領となった南軍の将軍ネイサン・フォレストにちなんでいる。このようにK.K.K.はアメリカ社会と密接な関係にあり、姿かたちは見えなくても決して絶えることはない。現在その活動は下火ではあるが、アメリカが不況に見舞われれば、その勢力は再び盛り返すだろう。彼らはいまも復活の機会を虎視眈々と狙っているのだ。

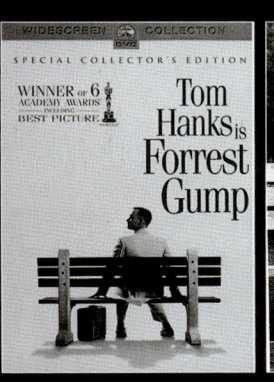

アカデミー賞6部門を受賞した大ヒット作。CGを駆使して実現した、過去の偉人との共演が話題を呼んだ。生まれつきIQが低いもののピュアな心の持ち主フォレスト・ガンプが、様々な歴史的な事件に遭遇しながら人生の成功を掴んでいく。

フォレスト・ガンプ 一期一会
(1994年・米)
DVD発売元:CIC・ビクタービデオ
4,700円(税別)/発売中

政治との関わり

　秘密結社と政治との黒い噂は後を絶たない。その証拠として有名なのが、アメリカの「１ドル札の裏のピラミッド」である。そのピラミッドの中には目が描かれたマークは、フリーメーソンで使われている「ルシファーの目」と呼ばれるマークなのである。では、なぜフリーメーソンのマークが、１ドル札に裏に堂々と描かれているのだろうか？　一説によると、アメリカ建国に際してフリーメーソンが多大な協力を果たしたため、その証として１ドル札にマークを刻むことにしたらしい。実際、初代大統領ワシントンはフリーメーソンの会員だったと言われているので、まんざらこの話も嘘ではなさそうだ。しかし、真実は闇の中である。アメリカへ旅行される方は、１ドル札を手に取って実際に確かめてもらいたい。ヨーロッパでは、フリーメーソンのトップメンバーであるロスチャイルドが政治経済のすべてを牛耳っている。ソビエトと東欧の崩壊から、ユーロによる通貨統合に至るまで、ロスチャイルドはヨーロッパで起こるすべての出来事に関わってきた。銀行、マスメディア、巨大企業と、フリーメーソンの息がかかっていない分野はどこにもない。

架空の秘密結社（世界編）

　これまでは実在する秘密結社を見てきたが、ここで趣向を変えて映画やＴＶドラマに登場する架空の組織を取り上げてみよう。まずは映画『００７シリーズ』に登場した悪の組織「スペクター」である。「the Special Executive for Counterintelligence, Terrorism, Revenge and Extortion（直訳するとスパイ防止活動および破壊、復讐、恐喝の特別執行者）」の頭文字を取って名付けられたこの組織は、映画『００７／ドクターノオ』（1962年）で初登場し、以後数作にわたって主人公ジェームズ・ボンドと死闘を繰り広げた。首領ブロフェルド（演じたのは名優ドナルド・プレザンス）の指揮のもと、世界中から優れた頭脳をもつ人材を集め、莫大な報酬と引き換えに殺人や犯罪行為をビジネスとして行っている世界的規模の犯罪組織である。劇中で行なった主な作戦は「中国製麻薬のアメリカへの密輸」「米ソのロケット拉致計画」「レーザー衛星を用いた恐喝」など。時代と共に、その活動範囲もよりスケールが大きいものへと変化している点がおもしろい。

架空の秘密結社（日本編）

　それに対し日本における架空の組織はどうだろう。ＴＶ『仮面ライダー』（1971年）に登場する悪の組織ショッカーや、ＴＶ『秘密戦隊ゴレンジャー』（1977年）の黒十字軍などがその代表的存在だが、ここではあえて別のものを紹介したい。ＴＶ「レインボーマン（1972年）」に登場する敵の組織「死ね死ね団」である。日本人抹殺を目的として結成された死ね死ね団は、絶対的指導者・ミスターＫの命令のもと、極めて現実的な方法で日本という国家自体を潰そうとしたのだ。ニセ札を日本中にばらまいて、インフレによる日本経済壊滅を狙った「Ｍ作戦」はその最もたるものである。怪人や怪獣とは違う見えない敵の前に、主人公であるヒーローはその無力さを痛感する。特筆すべきはこれがオイルショックの前に放映されたという点である。劇中で描かれた国民のパニックぶりは数ヵ月後に現実のものとなった。これは死ね死ね団がいかにリアルな秘密結社であったかを示すエピソードのひとつといえるだろう。

リアルな世界観が人気を呼んだ異色の特撮ドラマ。強さを求めてインドに渡った青年ヤマトタケシは、奇蹟の聖者ダイバダッタのもとで修行し、７つの化身を駆使して戦う正義の使者レインボーマンに。日本を狙う悪の組織"死ね死ね団"と戦いつづける。

愛の戦士 レインボーマン
(1972年・日本)
DVD発売元：東宝
各巻12,000円(税別)／DVDシリーズ全４巻発売中

検証 マフィア

「ノワール」を語る上で避けては通れないのが、マフィアの存在である。ミレイユの父はコルシカを仕切るマフィアのドンであったし、台湾のホンイーバンのように世界各地のマフィアが抗争を続けている世界が描かれた。世界の闇でうごめくマフィアとは、どのような存在なのだろうか。

■マフィアの誕生

　イタリア最大の州にして、地中海最大の島シチリア。18世紀、この島の西部にある農村地帯でマフィアは産声をあげた。その誕生までの経緯を知るには、まずこの島の歴史を学ぶ必要がある。いつの時代も豊かな農作物に恵まれていたシチリアは、地中海の東岸と西岸の中継地という場所柄から、ヨーロッパとアフリカを結ぶ交通路の要点として幾度も侵略者たちの攻撃にさらされてきた。フェニキア人、アラブ人、ドイツ人、そして第2次世界大戦中のアメリカ軍及びイギリス軍。支配者が目まぐるしく変化したことは、島内にある建物の独特の様式美からもわかる。代々そういった支配者は、本国もしくはローマなどの大都市に留まり、使用人を雇って領地を管理。次第に、島は権力が及ばぬ無法地帯になり、そのため支配階級は自らの防衛のため農地を管理する自警団を作る必要に迫られた。これが後のマフィアの原型といわれるものである。その後、1860年にガリバルディがイタリアを統一を果たしたが、あくまでもこれはイタリアの北部を中心とした国家だった。マフィアの力が強かった南部のシチリアは、イタリア政府より自治権を勝ち取ったのだ。

■マフィアの語源

　その誕生の場所と時期まではっきりしているにも関わらず、マフィアという言葉の語源は今なお確かではない。わかっているのは、9世紀にシチリア島を支配していたアラブ民族の言葉を起源とすることぐらいである。はったり屋を意味する「マヒアス」、パレルモを支配したアラブ民族「マ・アフィル」、アラブ人逃亡者が隠れたという凝灰岩の洞窟「マーハ」などがその候補に挙げられる。だが、19世紀になるまでマフィアは「犯罪組織」ではなく、「慈愛、美、自信」といった正反対の意味で用いられていた。これが現在のようになるのは、1862年に上演されたジュセッペ・リッツォットによる舞台喜劇「ヴィカーリア刑務所のマフィア構成員たち」のイタリア全土でのヒットによるものである。このようにして一般名詞となったマフィアだが、彼らが自分たちのことをマフィアと呼ぶことはほとんどない。そこで使われるのは「我らのもの」という意味の「コーサ・ノストラ」という名称である。そして、この名称はある人物の登場と深く関わっている。

■アメリカン・マフィア

　実在のマフィアときいて、まず誰もが思いつくのがアル・カポネであることに異論はないだろう。イタリアで生まれたマフィアは、19世紀後半、移民という形でアメリカへと渡ってきた。これにモラル低下の危機感を抱いたのが、アメリカ社会を牛耳るプロテスタントのワスプである。彼らは訴えを起こし禁酒法を成立させるが、この政策は裏目に出てしまう。無法者たちに活躍の場を与えることになり、結果的にアメリカン・マフィア誕生のきっかけを作ってしまうことになったのだ。ストリート・ギャングとして育ったカポネは、シカゴを拠点に酒の密造でのし上がることに成功した。このアメリカン・マフィア誕生の過程は『ワンス・アポン・ア・タイムイン・アメリカ』（1984年・米）で知ることができる。カポネは1929年の聖バレンタインデーの虐殺でその地位を揺るぎないものとするが、1931年、エリオット・ネスらの活躍により脱税容疑で摘発され、表舞台から姿を消した。この執念の捜査は映画『アンタッチャブル』（1987年・米）に詳しく描かれている。

アメリカへ移民し巨万の富を築いたシシリーマフィア、コルレオーネ一家三代の、血で血を洗う抗争の歴史を描いた壮大な大河ドラマ。マーロン・ブランド、アル・パチーノ、ロバート・デ・ニーロら大スターの共演も大きな見どころとなっている。

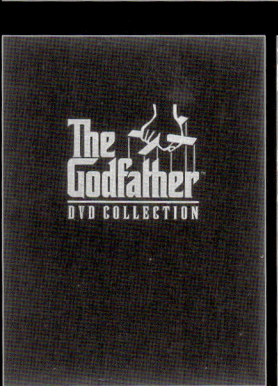

ゴッドファーザー DVDコレクション
（1972、74、90年・米）
DVD発売元：CIC・ビクタービデオ
14,200円（税別）／発売中

■マフィアの近代化

　第2次世界大戦中、ムッソリーニ率いるファシスト党が行なった大量検挙により、マフィアは一時的だがその勢いを失った。しかし、敗戦後思わぬところから救いの手が差し出されることになる。40数人のマフィアたちを、刑期を科すかわりにアメリカが本国イタリアへ強制送還したのである。その中にいたのが伝説のマフィア、ラッキー・ルチアーノだった。イタリアに戻った彼は、古い体質を次々と変えていった。近代化したマフィア、「コーサ・ノストラ」の誕生である。ルチアーノはまず、これまで厳禁だった麻薬取引を始め、アメリカとの強力なコネクションを作った。絶対だった血の掟「オメルタ」は無視され、積み重ねられていく兄弟の屍……。マフィアは彼の登場により、経済基盤をしっかりともつ、国際的犯罪組織へと変貌を遂げていったのだ。『コーザ・ノストラ』（1973年・伊）では、イタリアを代表する俳優ジャン・マリア・ボロンテが彼を演じている。

■ゴッドファーザー

　一般的にマフィアのイメージといえば、マリオ・プーゾ原作による映画『ゴッドファーザー』（1972年・米）によるものが強いだろう。マーロン・ブランドが演じたこの作品の主人公ドン・ビトー・コルレオーネには、実はモデルとなった人物がいる。その名はサルヴァトーレ・リイーナ。後にコーサ・ノストラの帝王にまで上り詰めた彼は、1930年シチリア島パレルモの南にあるコルレオーネ村で産声を上げた。貧しい小作農の家に生まれた彼は13歳の時に父を失い、コーサ・ノストラに入ることを決心。彼の血で血を洗う人生が始まった。ルチアーノ・リッジョの子分となった彼は、すぐに頭角を現わし、やがてシチリア全土を支配するようになる。彼のやり方は残忍かつ、狡骨なものだった。マフィアの掟で禁じられていた誘拐により多額の報酬を得、1993年まで20年間もの間警察の追っ手から逃れることに成功したのだ。これは驚嘆に値する出来事である。

■マフィアと政治

　政治とマフィアの癒着は、いつの世でも取り沙汰される問題だ。かのジョン・F・ケネディがマフィアと関わりあってたこ

とは有名な話である。裏の世界に顔が利いた彼の父の取り計らいにより、票を買い集めて大統領に当選したとまで言われているのだ。マフィアの力を借りて誕生した大統領が、マフィア撲滅を掲げたのは皮肉な話である。映画『JFK』（1991年・米）では、その死の背後に軍産複合体とCIAの存在が挙げられているが、今でもマフィア陰謀説は根強くある。こうした癒着を断ち切ろうと着手した例も過去にはいくつかあったが、その結末はいつも決まっていた。近年で一番悲惨な出来事は1992年に起きたジョバンニ・ファルコーネ判事暗殺事件だろう。彼は1978年にパレルモに赴任すると、それまでの腐敗しきった司法制度の改革に着手する。徹底した調査を行い、ヘロインのルートを明らかにするなど、マフィアの支配から街を開放。1987年には19人のマフィアに終身刑を言い渡すことに成功した。しかし、その前途を遮る者が現われた。マフィアではなく、仲間であるはずの判事が、彼を妬み追い落としを図ったのだ。ファルコーネの特別チームは解散させられ、彼は孤立した。そこへ忍び寄るマフィアの魔の手。1992年、高速道路を走行中、彼の乗った車は道路下に仕掛けられた時限爆弾により大破した。彼の死により、マフィアはまたかつての勢いを取り戻したのである。

■マフィアの未来

　シチリアで生まれたマフィアは、長い年月をかけてイタリア全土へと広がっていった。彼らは政治家だけでなく、弁護士、医者、警察、裁判官といった上流階級へと深く入り込んでおり、そのことが捜査を極めて難しいものにしている。いつどこにマフィアが潜んでいるか分からないのだ。1993年にはクラクシ元首相とアンドレオッチ前首相が共にマフィアとの繋がりを指摘され、いずれも有罪になるというイタリア全土を揺るがした事件が起こっている。マフィアがイタリアという国家を操っているという事実が白日の下にさらされた瞬間であった。前述のファルコーネ判事も、捜査内容は同僚にも決して漏らすことはなかったという。マフィアの撲滅のためには、政界を浄化することが何よりも先決である。捜査側が仲間を信じられないのでは、大きな収穫は期待できない。だが、その道のりは険しいものとなるだろう。マフィアはイタリア文化の一部分でもあるのだ。

ケビン・コスナー、ショーン・コネリーなどの名優を配し、男と男の友情を描いた作品。舞台は1930年代禁酒法下のシカゴ。暗黒街を牛耳るアル・カポネを検挙すべく、エリオット・ネスを隊長とする特殊部隊"アンタッチャブル"が立ち上がる！

アンタッチャブル
（1987年・米）
DVD発売元：CIC・ビクタービデオ
4,700円（税別）／発売中

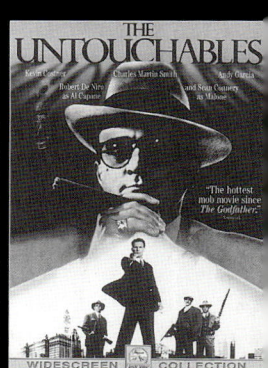

Motclé
―キーワード―

ヨーロッパの歴史の影で脈々と語り継がれてきたノワールという存在。その2人の処女たちのことを語るとき、避けては通れないいくつもの謎が浮上してくるのだ

ノワール

　裏世界で伝説となっている殺し屋の名前。本来その名は紀元1000年前後に誕生した原初ソルダにいた2人の修道女を指したものだった。神に仕える者でありながら敢えて剣を手にした2人の処女。彼女たちの勇敢さは幾万の騎士にも勝り、聖母の慈愛と死神の冷酷さを併せ持ったという。その資格は誕生時にソルダの司祭長の祝福を受けた者だけが有し、そこから選ばれた者が、数々の試練を経て初めてノワールとなった。その地位と名はその後も代々引き継がれたが、いつの頃からかその存在は消えてしまったようだ。原初ソルダへの回帰を図るアルテナはノワールの復活を試みるが、最終的には2つの椅子の座をミレイユ、霧香、クロエの3人が争う形となり、悲劇が起こることになる。ノワールに並々ならぬ執着を見せるアルテナは、かつてノワールと呼ばれた存在だったのかもしれない。

ソルダ

　全世界に会員を持つ秘密結社で、200年前のマフィア誕生にも関わるなど、その影響力は計り知れない。その起源は10世紀末。陰謀と殺戮が横行する世の中の姿を見た人々が、この世界に復讐するために結成したと原書には書かれている。弱き者、虐げられた者を助け、地上に正義を実現するという崇高な考えがそこにはあった。絶対の秘密と忠誠の誓い。この2つを胸に、盟約を結んだメンバーは各地へ散り、社会の裏側に隠れ住んだのだ。そして、長い年月の果て、ソルダは世界中を支配下に治める強大な組織へと成長した。最高権力者は司祭長と呼ばれる人物だが、果たしてそれが誰なのかは物語中では触れられていない。現在はソルダ最高評議会と、アルテナに同調する一派の2つの勢力があり、互いに最高権力者である次期司祭長の座を争っているようだ。ミレイユの両親もソルダのメンバーであり、忠誠を誓うのと引き換えにコルシカ島の支配権を得ていた。しかし、ミレイユを差し出すのを拒んだために、ソルダの刺客・霧香に殺されてしまう。

グラン・ルトゥール

　フランス語で「大いなる回帰」を意味することば。当初とは違った存在になりつつあるソルダを、1000年前の原初ソルダへと戻すことを意味する。長い年月の間にソルダは変わってしまった。元の姿に戻すためには、あらゆる呪縛から解き放たれた純粋なる刃が必要……。そう考えたアルテナは真の意味でノワールを復活させることにしたのだ。ノワール継承の儀式の復活こそ、グラン・ルトゥールの象徴なのである。だが、真のノワールとなるためにはさまざまな試練を乗り越えなければならない。そのためアルテナはミレイユと霧香のもとへ刺客を送り込む。その姿は我が子を谷底へ突き落とすライオンのように慈愛に満ちていた。一方、ソルダ内部にもアルテナの考えに同調しない者たちがいた。それがソルダ最高評議会である。彼らは現在の地位や利益を犯す存在となるノワールの復活を恐れて、霧香たちを本気で始末しようと画策。それに失敗すると仲間に加えようとしてきた。

荘園

　フランスとスペインの国境地帯にある、この地上で唯一時の流れから取り残された場所。岩山に囲まれており、いかなる国にも属さず、どんな地図にも記載されていない。現在はアルテナがクロエと2人で住んでおり、ぶどう畑を栽培するなど、中世の暮らしを守りながら生活している。かつて霧香はここで暗殺者として育てられ、試練を与えるためにあえて外界へと放り出された。広い館内には、礼拝堂、地下聖堂、浴室などがあり、近くにはクロエと霧香が禊を済ませた泉や、闘技場まで備わっている。地下聖堂の階段の裏には隠し扉があり、その奥には、ノワール復活の儀式を行なうための真の式場である地下宮殿があった。荘園の入り口付近には、ソルダのメンバーが住んでいる村があり、荘園へと侵入してくる者を阻む役割を担っている。22話では、霧香を狙うソルダ最高評議会の刺客を、女子供を含めた村人全員で阻止した。

古文書

　ソルダ誕生の経緯が全て書かれているといわれる書物。5話でそのコピーが初登場して以降、ミレイユたちはそのありかを求めて奔走する事になる。19話では、13世紀に原本を書き写した「ランゴーニュ写本」なるものの存在が明らかになった。後にそのランゴーニュ写本を霧香は荘園で目にする事になる。

懐中時計

　ソルダに忠誠を誓った印としてそのメンバーに与えられるもの。開くとオルゴールが鳴る仕掛けになっている。ミレイユの両親が死んだ時に流れていたメロディはそのオルゴールのものだった。霧香がこの懐中時計を持っていたことからすべては始まったのだ。

Le Monde
―世界―

世界各地を転々と移動し、ミッションを遂行するノワール。そこにはその国ならではの風景と、そこに暮らす人々の息遣いが伝わってきた。

フランス

物語の主な舞台となる国。ミレイユと霧香は、普段パリにあるアパルトマンに住んでいる。他には、未亡人と知り合った墓地、クロエが初登場した裁判所、フェデーとの思い出の湖などが画面に登場した。17話ではミレイユが10年ぶりにコルシカ島に帰郷。ミレイユの両親が殺された後、求心力を失ったブーケ家は没落。叔父のフェデーに手を引かれて、ミレイユは追われるように島から出て行ったのだ。そこでかつての父の片腕だった男マドランに再会したミレイユだが、ソルダの刺客によりマドランは消されてしまう。

シチリア島

マフィア誕生の地として知られるイタリアの小さな島。「イントッカービレ」ことシルヴァーナが父殺しの罪で幽閉されていた。幼い頃ここを訪れたミレイユは、シルヴァーナと一度だけ会っている。アメリカで痛み分けに終わったミレイユとシルヴァーナは、この島にある廃墟と化した僧院を舞台に再び激突。最後は霧香の助けもあり、因縁にけりをつけた。

日本

記憶を消された霧香が、ソルダにより仮の住居と戸籍を与えられ住んでいた国。わずかな間だが、普通の高校生として生活していた。しかし、ミレイユと生きる道を選んだ霧香は、2度とこの国に戻る事はなかった。

北欧

かつてKGBで大量虐殺を指揮したユーリ・ナザーロフが住んでいる。ミレイユと霧香はホテルに滞在。広場で倒れたナザーロフを助けた霧香は、やりきれない思いを抱えつつも銃を撃った。明確な表記はなかったが、おそらくスウェーデン辺りと思われる。

アメリカ

東海岸のニュージャージーにあるシルヴァーナの別荘。そこに篭った彼女は、3人の腕利きの部下と共にミレイユたちを待ち伏せすることに。だが、仲間を一人殺されてしまったシルヴァーナは、再びシチリア島に舞い戻り、そこで決着をつけることにする。

スイス

元ソルダのメンバーだったNATOの軍人ライマンが、この国の山腹で隠居生活を送っていた。アルテナから裏切り者を始末するように命じられたクロエが、刺客として訪れることになる。ライマンの日課である山歩きに同行したクロエは、そこで襲撃を掛けてきたゼルナーの刺客を返り討ちにした。周りは美しい湖や、色鮮やかな花に囲まれている。

オーストリア

大富豪カスパー・エドリンガーがランゴーニュ写本を所有していることを突き止めた霧香とミレイユは、一路オーストリアの首都ウィーンへ。だが、写本は2年前に書庫にある全ての蔵書と共にすでに灰になっていた。さらに落胆する2人の元へソルダの刺客たちが登場。クロエを含めた3人でなんとか撃退する。

台湾

ソルダの依頼を受けたミレイユたちが仕事に赴いた。ターゲットは黒社会の最大組織ホンイーパンの長老ウー・ジーホア。そこで2人は、彼らが雇った「冷眼殺手」の異名をとるプロの殺し屋シャオリーと死闘を繰り広げることになる。途中ミレイユが敵側に捕まりピンチに陥ったが、クロエの助けもあり難を逃れる。長い階段の果てにある道教寺院が、主な戦いの舞台になった。

中東

ゲリラのリーダーである革命家バルザン暗殺を遂行すべく、霧香とミレイユが侵入した、広大な砂漠に囲まれた国。任務を遂行した霧香は、瀕死のドルザンから反撃を受け負傷。さらに霧香はゲリラたちの手に落ちてしまう。最後は罠と知りつつ決死の特攻を試みたミレイユの活躍により、2人とも無事脱出することができた。

ウルジア

おそらくアジアのどこかにあると思われる小国。国防大臣のカノラ将軍によるクーデター計画が進んでおり、いつ紛争が起きてもおかしくない状態である。その裏で暗躍する死の商人ハモンドを殺害すべく、ミレイユと霧香が潜入。速やかに仕事を遂行した。

Recit
―ストーリー紹介―

黒き手の処女たち	日々の糧	暗殺遊戯	波の音
レ・ソルダ	迷い猫	運命の黒い糸	イントッカービレ acte I
イントッカービレ acte II	真のノワール		刺客行
月下之茶宴			地獄の季節
ミレイユに花束を	冷眼殺手 acte I	冷眼殺手 acte II	コルシカに還る
私の闇	ソルダの両手		無明の朝
罪の中の罪			旅路の果て
残花有情	暗黒回帰	業火の淵	誕生

第1話 黒き手の処女たち

パリに住むミレイユは、裏世界での仕事を続けながら両親を殺した犯人を捜していた。そんなある日「ともに過去への巡礼を」という内容の、変わった依頼のメールが届く。依頼人は夕叢霧香という名の少女。単なるいたずらだと一笑に伏すミレイユだが、添付されていたメロディを聞いた途端、その場に立ち尽くしてしまう。その旋律は両親が殺されたときに流れていたのと同じものだったのだ。依頼人の少女を問いつめるミレイユだが、そこで2人は謎の男たちに襲われる。だが、まだあどけなさの残るその少女が、見事なガンさばきで次々と敵を倒していく。家に戻った霧香は、ミレイユの手当をしながらみずからについて語り始めた。失った記憶を取り戻す手助けをして欲しいと。その霧香の願いをミレイユは受け入れる。ただし、すべての謎が解けたとき霧香を殺すという条件で。こうして利害関係の一致した2人は、殺し屋ユニット「ノワール」を結成、仕事をスタートさせた。

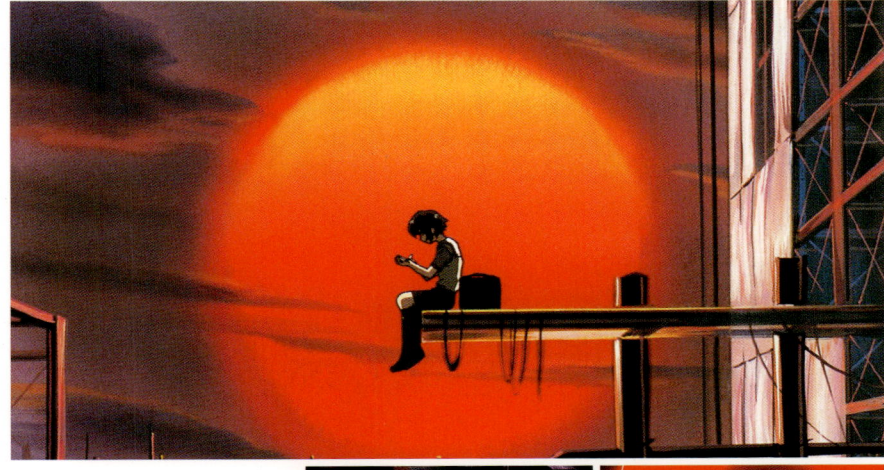

「私はヤツらに聞きたいことがある。それが終われば、私があんたを殺す」

「待っているわ、そのときを……」

第2話 日々の糧

ある警察官が家族もろとも殺されるという事件が発生。その警察官は、極秘で国家憲兵隊対テロ部隊（GIGN）の将校を務めていた。GIGNのメンバーが殺されたのはこれで3人目。いったいどこから情報が漏れているのか……。いっぽう、ともに仕事を行なうことになった霧香とミレイユのもとへ仕事の依頼が届く。ターゲットはフランス国家公安局部長のルグラン。彼は裏で極右テロ組織「国民武装連合」主流派幹部クレッソワとつながっていた。依頼人は「国民武装連合」の分派。主流派に情報を流されてダメージを受けた連中が、ルグランと主流派幹部をまとめて始末しようというのだ。ルグランのいるアジトへ向かう2人。だが、情報が漏れており、そこには敵が待ち構えていた。それでも次々と敵を倒し、霧香はルグランのもとへと辿り着く。「まさか、お前がノワールなのか？」驚くルグランを無言で撃つ霧香。人を殺しても悲しくない。そんな自分に霧香は涙するのだった。

> 『日々の糧』……、
> 私は人を殺して生きている……。
> なのに私、どうして悲しくないの？」

GUEST
ルグラン

国家に仕える身でありながら、仲間を売っていた悪党。GIGNの名簿を売るのと引き換えに、クレッソワから情報を受け取り検挙の実績を挙げていた。「ノワール」の名を知っていたようだがその意味するところは……？

第3話 暗殺遊戯

小雨の降る中墓地を訪れたミレイユは、そこで傘もささずにたたずむ女性の姿を見かける。花束を墓に飾ると女は去っていった。次の標的は実業界の大物デュクス。依頼人は、事故を装い彼に殺されたヴァニエの若社長の未亡人である。その女性の姿を見て驚くミレイユ。墓地で会ったあの女性だったのだ。デュクスは最近リゾートホテルを買収したらしく、改築の打ち合わせのためにホテルに滞在しているらしい。ミレイユたちは二手に分かれてホテルへと忍び込むことにした。だが、ミレイユがデュクスの部屋に入ったそのとき、ライトが照らされ男たちが一斉に銃を向ける。その背後から現われる未亡人。すべては罠だった。デュクスも依頼人も最初からグルだったのだ。カジノホールに追いつめられた2人はピンチに陥るが、霧香の咄嗟の機転でなんとかデュクスもろとも敵を全滅させる。戦い終わって再び墓地を訪れたミレイユは、未亡人が佇んでいた墓に黙って花束を投げるのだった。

「あなたの名前は?」
「聞いてどうするの?
あなたにも私にも、
名前を刻む墓はないのよ」

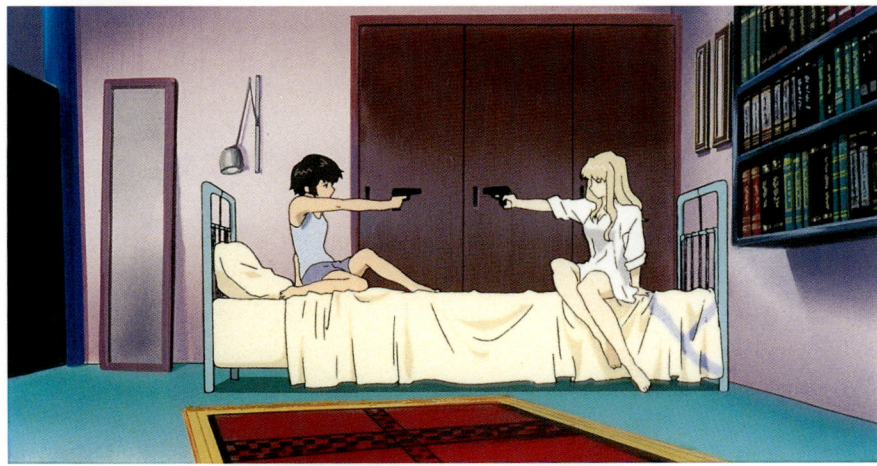

GUEST
未亡人

ニセの依頼でミレイユたちを窮地に追い込んだ女性。ベラドンナリリーを捧げていた墓は、ヴァニエの若社長ではなく、実際に亡くなった主人のものだったようだ。黒幕の名前を最後まで喋ることなく死んでいった。

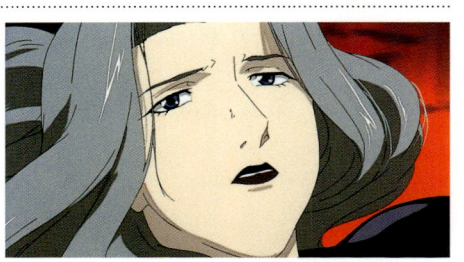

第4話 波の音

「気がついたら、私はここにいた……。私は……誰?……私はNOIR……。それ以外は何も……わからない」

今度の仕事の舞台となるのは、クーデターの動きがある小国ウルジア。ターゲットは、軍部に取り入って私腹を肥やすアトライド社の社長ハモンドだ。アトライド社は国際セキュリティサービスの会社だが、裏で紛争が起こりそうな地域に赴いては一方の勢力に接近し、兵士の訓練、武器の供給などを行なっていた。ウルジアに潜入した霧香とミレイユは早速ハモンドの部下を2人仕留める。密告の手紙を受け取ったハモンドは霧香たちのいるコテージを軍に包囲させるが、2人はなんとか脱出に成功。電話で偵察隊が全滅したことを聞き動揺するハモンドのもとへ、霧香が姿を現わす。銃を構える霧香の姿を見て、覚悟したように目を閉じるハモンド。次の瞬間、崩れ落ちた衝撃で机からプレゼントが落ちる。娘のロザリーに渡すはずだったものだ。その帰り道、霧香は偶然ロザリーとすれ違う。ロザリーが落としたオレンジを拾って渡す霧香。ロザリーの笑顔に霧香は何を思う……。

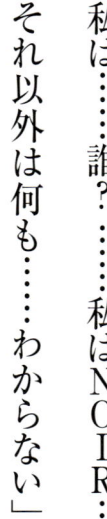

GUEST ハモンド&ロザリー

ハモンドは戦争の匂いをかぎつけ裏世界で暗躍する、いわゆる死の商人。ロザリーは離婚したハモンド夫妻の娘で、現在は母のジュリアとニューヨークに在住。誕生日を父に祝ってもらおうとウルジアにやってきた。

第5話
レ・ソルダ

自分たちに迫る謎の敵の正体を探るため、ミレイユは知り合いの情報屋ヴァネルに調査を依頼。しかし、情報を手に入れた矢先、ヴァネルは家族もろとも殺されてしまう。翌日、ヴァネルの周辺を探りに出かけたミレイユは、場末の店でヴァネルを知る老バーテンと出会う。そこにはヴァネルがミレイユの名

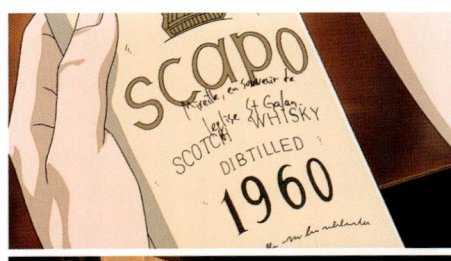

「人の中の人。愛の中の愛。
罪の中の罪。
隠者は罪人に告げた、
ソルダは真実とともにあると」

前で入れたというボトルがあった。ラベルにかかった暗号を解読したミレイユは、霧香とともにサンギャン教会へ。そこで見つけたのは、謎の古文書のコピーが入った封筒だった。だが、そこへソルダの男が現われて、銃を突きつけ封筒を奪い取ろうとする。暗闇から現われ、男の銃を弾き飛ばす霧香。俺を撃てば鍵は消えると男はうそぶくが、ミレイユはためらわずに引き金を引いた。無言でたたずむ霧香とミレイユ。古文書には「ソルダ」という文字があった。敵の名前はソルダ……。ミレイユは自分に言い聞かせるように言うのだった。過去への扉はこの手で開いてみせる……。

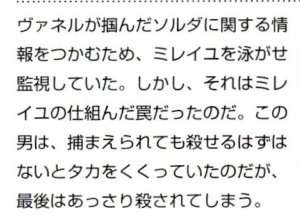

GUEST

ソルダの男

ヴァネルが掴んだソルダに関する情報をつかむため、ミレイユを泳がせ監視していた。しかし、それはミレイユの仕組んだ罠だったのだ。この男は、捕まえられても殺せるはずはないとタカをくくっていたのだが、最後はあっさり殺されてしまう。

第6話 迷い猫

東欧の寒村で人々に無償の奉仕を続ける老人。だが、聖人と崇められていた彼の正体は元KGBの将校ユーリ・ナザーロフであった。彼は旧ソ連の強制収容所で、少数民族のタシキール人虐殺を命令した張本人だったのだ。一方、散歩の途中で猫を拾った霧香は、広場で猫の飼い主である老人と出会う。なんとその老人はナザーロフだった。老人はすぐに立ち去ろうとするが、突然倒れこんでしまう。医者の話によると、長年の無理がたたり先は長くないらしい。ナザーロフの家族の写真を見つけた霧香は、思わずポケットにしまう。写真に書かれていた地名バルクーツクを調べるミレイユと霧香。そこはスターリン政権時代、タシキール人に襲撃された村だった。いったい何が正義なのか。ためらうミレイユに、霧香ははっきりと仕事の決行を告げる。ナザーロフの家を訪れ銃を構える霧香。それを見たナザーロフは静かに目を閉じる。まるでそのときを待っていたかのように……。

「私には名前がない。ユウムラ・キリカという嘘があるだけ」

GUEST ナザーロフ＆ムイシュキン

幼いころに母と弟を殺されていたことから、復讐心でタシキール人を虐殺。だがいまは罪滅ぼしのため奉仕を続ける毎日だ。猫の名前のムイシュキン公爵とは、ドストエフスキーの小説「白痴」の主人公。純粋で無垢な魂の象徴とされる。

第7話 運命の黒い糸

中東の小国に侵入したミレイユと霧香は、武装ゲリラの指導者バルザンの暗殺に成功。しかし、その逃走中に霧香が敵の攻撃を受け、負傷してしまう。迫りくるゲリラの追っ手。国境をめざす2人は、霧香の手当てをするため一旦身を隠すことに。自分ひとりなら逃げられるかもしれない……。霧香に銃を向けるミレイユ。霧香はそっと目を閉じるが、ソルダの正体をつかむまでは死なせない、とミレイユは思いとどまる。脱出のため街へ出て飛行場に連絡を取るミレイユ。しかし、その隙に霧香はゲリラたちに連行されてしまう。牢獄に閉じ込められ、殴る蹴るの暴行をうける霧香。迷った末、ミレイユは霧香を助けに行くことを決意する。ゲリラ本部に侵入し、敵を蹴散らしながら牢獄へと近づくミレイユ。助けられた霧香は脱力してミレイユに尋ねる。

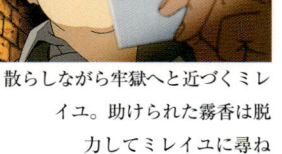

私は誰……？　沈黙の後、ミレイユは口を開く。あなたと私を結ぶ糸は、きっと黒い色をしていると。闇より深い真っ黒な糸……。

「あなたと私を結ぶ糸……、それはきっと黒い色をしている……。闇より深い真っ黒な糸よ……」

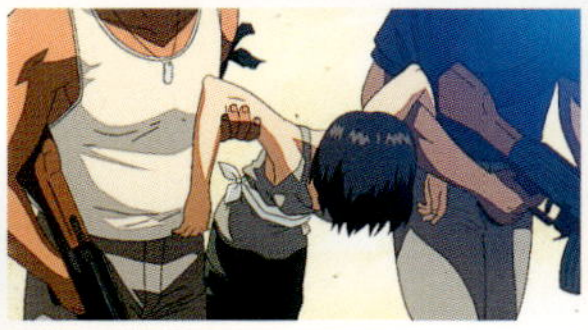

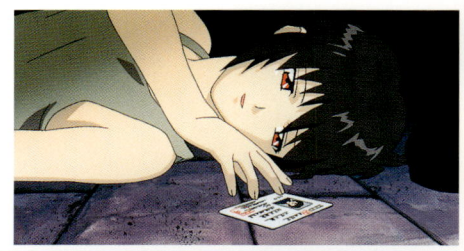

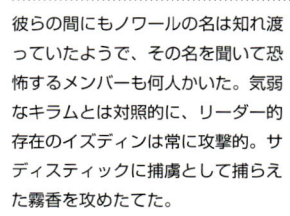

GUEST

ゲリラ

彼らの間にもノワールの名は知れ渡っていたようで、その名を聞いて恐怖するメンバーも何人かいた。気弱なキラムとは対照的に、リーダー的存在のイズディンは常に攻撃的。サディスティックに捕虜として捕らえた霧香を攻めたてた。

第8話 イントッカービレ (acte 1)

謎の組織ソルダとマフィアのグレオーネ・ファミリーとの間に交わされた秘密の契約書。それを入手するため、2人はマフィアの幹部ドン・ルシオの暗殺を請け負う。復讐に燃えるマフィアの長老ドン・サルヴァトーレ。ノワール抹殺のため、彼は孫のシルヴァーナを呼び寄せることを決意する。イントッカービレ（侵す可からざる者）という異名を取る彼女は、5年前実の父を粛清したことにより、シシリアに幽閉を強いられていたのだ。イントッカービレ、情報提供者からその名を聞いたミレイユの表情が曇る。ミレイユとシルヴァーナは幼いころ、一度だけ会っていた。ミレイユはいまでもそのときの恐ろしい印象が忘れられないのだ。一方、シルヴァーナは裏切り者を始末すると、死体をさらしてノワールを挑発。腕利きの部下3人を連れて、別荘で2人を待ちぶせる。月明かりの中轟く銃声。ミレイユはシルヴァーナを追いつめるが、どうしても引き金を引くことができない。

「侵すべからざる者イントッカービレ……あの人には勝てない……、あの人にだけは……」

GUEST シルヴァーナ

「世界で最も凶暴な姫君」と呼ばれる、グレオーネ・ファミリーの若き後継者。冷酷非情な性格で、裏切り者はたとえ肉親であっても容赦なく粛清する。実の父、そして自分を幽閉した祖父のドン・サルヴァトーレをも殺害した。

第9話 イントッカービレ (acte II)

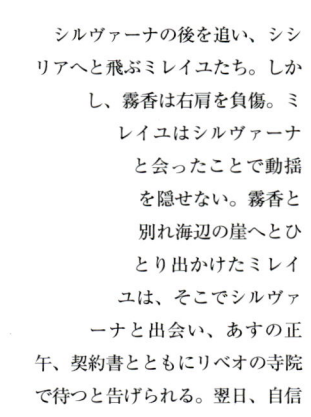

シルヴァーナの後を追い、シシリアへと飛ぶミレイユたち。しかし、霧香は右肩を負傷。ミレイユはシルヴァーナと会ったことで動揺を隠せない。霧香と別れ海辺の崖へとひとり出かけたミレイユは、そこでシルヴァーナと出会い、あすの正午、契約書とともにリベオの寺院で待つと告げられる。翌日、自信ありげに2人を待つシルヴァーナ。霧香とミレイユは2手に分かれ攻撃するが、負傷した霧香は部下を相手に苦戦を強いられる。しかし、霧香の必死の援護をバックに、ミレイユはシルヴァーナのもとへとたどり着く。引き金を引けないミレイユに対し、剣を振りかぶるシルヴァーナ！　だが、霧香の放った銃弾が、間一髪シルヴァーナの剣を折り、イントッカービレは崩れ落ちた。震える手で契約書を取り出すシルヴァーナ。契約書の日付は1791年9月9日。そして、立会人はソルダの男と書かれてある。マフィアの誕生にも関係していたソルダとはいったい……。

「ノワールに……、コルシカの娘に……
いまこそ冠を捧げましょう。
受け取ってくれるわね、ミレイユ……
……あのときのように」

GUEST

シルヴァーナ

10歳のころ8歳のミレイユと一度会っており、そのとき感じた恐怖心はいまもミレイユのトラウマになっている。パウロ、ドミニクス、フランチェスコという聖人の名をもつ3人のマフィオーソを呼び寄せ、ノワール抹殺を試みた。

第10話 真のノワール

今回のターゲットは悪徳警官のルビックと汚職判事のデスタン。霧香とミレイユは裁判所へと忍び込むが、すでにルビックは何者かの手で殺されていた。男たちに刺さっているナイフ。いったい誰の仕業なのだろうか？ ルビックに恨みのある人物の犯行だとミレイユは睨むが、霧香はそれを否定する。だが、誰の犯行かまでは霧香にもわからない。街では、あの事件はノワールの仕業だという噂が流れていた。ノワールとソルダ、この２つの関係とはいったい……。疑問を抱きつつ、残りのターゲットであるデスタンのもとへ向かう霧香とミレイユ。しかし、謎の暗殺者から忠告を受けたデスタンは、警備を固めて２人を待ち構えていた。絶体絶命の霧香とミレイユだが、そのとき、例の暗殺者が助けに現われ、混乱に乗じ２人は警官たちを全滅させる。そして、デスタンは謎の暗殺者の手により倒されていた。クロエと名乗るその少女は２人に言う。自分は真のノワールだと……。

「おまえはいったい誰なんだ？」
「名を受け継ぐ者、いにしえより運命の名を」

GUEST デスタン

悪徳刑事のルビックと裏で繋がっており、汚職で捕まったルビックを強引に不起訴にした。クロエの忠告を受け、司法公文書館に武装した警官を張り込ませて守りを固めるが、最後はそのクロエの手にかかり絶命することとなる。

第11話 月下之茶宴

ミレイユたちのもとへ送られてきた謎のコピー。送り主の男は、そのコピーの元となる原本には、すべての発端が記されていると語った。ついにソルダが接触を求めてきたのだ。原本の所在を明かすという男のことばを信じ、約束の場所へ向かう霧香とミレイユ。だが2人を待っていたのは、ソルダの刺客たちであった。無事アパルトマンに戻った2人は、事の真相を考える。あの男は刺客を使って襲わせるような雰囲気ではなかった。ではいったい誰が……。ソルダ内部にも問題があるとい

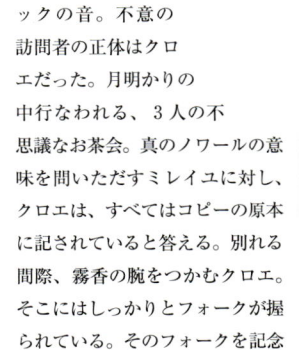

うことなのか？　そこへ静寂を破るノックの音。不意の訪問者の正体はクロエだった。月明かりの中行なわれる、3人の不思議なお茶会。真のノワールの意味を問いただすミレイユに対し、クロエは、すべてはコピーの原本に記されていると答える。別れる間際、霧香の腕をつかむクロエ。そこにはしっかりとフォークが握られている。そのフォークを記念に受け取ると、クロエは闇に消えていった。

「あの……お茶どうですか？」
「いただきます」
「オレンジペコしかないんですけど、いいですか？」
「はい。……ありがとう」
「あんなにきれいな月が……。
あかり……消しませんか？」

GUEST 男

ミレイユたちに古文書のコピーを送り、接触を試みた初老の男性。ソルダ内部にいる反アルテナ派の一員で、ノワール抹殺の指令はまだ生きていると2人に告げるが、直後にアルテナの放った刺客、クロエに殺されてしまう。

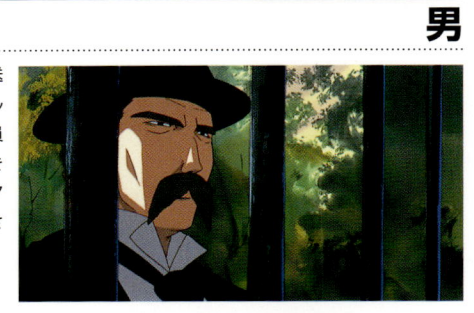

第12話
刺客行

引退後、スイスの山荘で悠々自適の生活を送るNATOの退役将軍ライマン。彼はNATOの情報部長でありながらソルダのメンバーでもあった。アルテナの指示に従い、ライマン粛正へと赴くクロエ。一方、旧東独国家保安局のゼルナーもまた、ライマンの命を狙っていた。クロエと対面したライマンは、2人で日課の山歩きへと出かける。アルプスの代表的な花アルペンローゼに目を奪われるクロエ。そこへ、迫りくるゼルナー一味の襲撃。一瞬にして敵を倒したクロエはライマンに言う。あなたを殺すのは私の勤め。それを妨げることは許されないと。山小屋に戻ったライマンは、最後のワインを飲み干すと、覚悟したように目を閉じる。その背後に立つクロエ……。数日後、遥か東欧の街で、ライマン死亡の報告に喜びの声を上げるゼルナー。だが、そこへクロエが粛清に現れる。素早く仕事を追え立ち去るクロエ。机の上には、あのアルペンローゼの花が置かれていた……。

「私は将軍と約束しました。私はできるなら、それを守りたい」

GUEST
ライマン

かつて東西ドイツが対立していたころの政敵ゼルナーに命を狙われており、NATOの護衛付きで生活している。ソルダに忠誠を誓いNATO情報部の将軍にまでのぼりつめたが、戦いの中で娘を失ったことからすべてを捨てた。

第13話 地獄の季節

公園で絵を描くチェコスロバキア出身の青年ミロシュ。彼の絵に興味をもった霧香は、同じ場所でいっしょに絵を描くようになる。初めて心を開いた異性とのやすらぎの時間。つかの間の幸福に浸る霧香だが、ミレイユはもう会わないほうがいいと冷たく言い放つ。一方、ミレイユに仲間を殺された犯罪者ガレが、服役から戻り復讐のときをうかがっているとの情報が入った。ガレは霧香とミレイユに奇襲を仕掛けるが、逆に返り討ちに遭い命からがら逃げ帰るはめに。翌日、ミロシュと別れた後、彼が欲しがっていたタイル絵を見かけた霧香は、それを買いミロシュを追いかける。だが、霧香が追いついたそのとき、突然現われたガレのマシンガンが火を噴いた。咄嗟に壁際に飛び込む霧香。路地に目を移した霧香が見たものは、倒れているミロシュの姿だった。亡骸を抱いて黙り込む霧香。ガレを倒した夜、窓辺でたたずむ霧香にミレイユは言う。だから……だから言ったのに……。

「君の名は？」
「!! 私……私は……」
「いや、いいんだ。誰にだって言いたくないことはある……。気にするな」

GUEST ミロシュ

かつてはフランス軍の外人部隊に所属。絵を描きながら再志願するかどうかを考えていたところ、霧香と出会い淡いひとときを過ごす。再志願を決め霧香と別れた直後、ガレによる霧香襲撃の巻き添えにあい命を落としてしまった。

第14話 ミレイユに花束を

幼いころ別れた伯父フェデーとの再会に喜ぶミレイユ。ミレイユの両親が殺された後、コルシカは対立していた組織の勢力下に入り、フェデーは幼いミレイユを連れて故郷を離れた。そのころの思い出の湖を訪れたミレイユは、フェデーから思いがけない質問を受ける。ノワールについて何か知らないかというのだ。知らないとうそぶくミレイユを、フェデーはそれ以上追求しなかった。数日後、フェデーから呼び出しを受けたミレイユは彼の屋敷へ赴き、そこで霧香殺害計画を告げられる。依頼人の名はソルダ。フェデーはソルダに忠誠を誓ったため、生きてコルシカから出ることができたのだ。父と同じ過ちを繰り返すなというフェデーのことばを受け入れたミレイユは、霧香を連れて再びフェデー邸を訪れる。だが、それはフェデーと決別するためだったのだ。銃を向け合う2人。そして、響く銃声の中、倒れたフェデーの手を、ミレイユはやりきれない思いで握り締めるのだった……。

「叔父さん……。
あの湖には……、もう行けない」
「……やっぱりおまえは
ローラン・ブーケの娘だよ」

GUEST クロード・フェデー

ミレイユの母オデット・ブーケの弟で、ミレイユにとっては叔父にあたる存在。ミレイユに裏社会での殺しの仕事を教えたのは彼で、とても厳しい師匠だったらしい。温室で花を栽培するという女性的な趣味をもっている。

第15話 冷眼殺手 (acte 1)

ミレイユのアパルトマンに届けられた一通の手紙。そこには、台湾で仕事をやるようにとだけ書かれていた。依頼人の名はソルダ。そしてターゲットは、台湾の裏社会（黒社会）を牛耳る組織ホンイーパンの長老ウー・ジーホア。危険すぎると主張する霧香に対し、ミレイユは自分ひとりでもやると言い放つ。同じ頃、ノワールが台湾に入ったことを知ったホンイーパンは、爪に塗った猛毒による冷酷な手口から「冷眼殺手」の異名を取る女殺し屋シャオリーを差し向ける。ミレイユたちはソルダの協力者が待つ寺院を訪ねるが、そこへ敵が現われたちまち銃撃戦に。ミレイユは逃げたソルダの男を追いかけるが、シャオリーの手で男は倒され、ミレイユも木々の中へと倒れてしまう。一方、銃を頭に突きつけられ絶体絶命に陥る霧香だが、クロエの登場で難を逃れる。見つめ合う2人。そしてなんとか意識を取り戻したミレイユのもとへ、またしてもシャオリーが姿を現わす。

「いいでしょう。
お行きなさい、クロエ……。
私はいつでもあなたを見守っています」

GUEST シャオリー

ライ家に伝わる毒殺術を用い、巧みに暗殺を遂行するプロの殺し屋。台湾の黒社会でその名を知らぬ者はいない。ソルダと反目する台湾の組織に雇われたことから、ノワールと対決することに。ミレイユを捕獲することに成功した。

第16話 冷眼殺手 (acte II)

敵の手に落ちてしまったミレイユだが、シャオリーはすぐには殺そうとはしない。霧香をおびき寄せるための道具に使おうというのだ。霧香は危険を承知で救出へ向かうが、そこへなぜかクロエが現われ協力を申し出る。2人の見事な連携プレーで無事脱出を果たすミレイユ。しかし、混乱に乗じてシャオリーも忽然と姿を消してしまう。そして、自宅へ逃げ帰ったウーとその手下も、ミレイユたちの活躍により全滅となった。2人は自分たちの顔を見たシャオリーを消すため、後を追う。一方消えたシャオリーは、ソルダを裏切り、情報を流していたユン・シウトンを殺害。ユンの首を手土産に、ソルダへ寝返ろうと考えていた。路地裏の倉庫でソルダの使者を待つシャオリー。しかし、現われたクロエは申し出を一蹴し、歯向かったシャオリーを抹殺する。駆けつけた霧香に対し、静かに告げるクロエ。大いなる回帰、あなたも私もそのための試練に耐えなければならない……。

「お願い……。教えて……クロエ……。
私は……誰……」
『グラン・ルトゥール』。大いなる回帰……
あなたも私も
そのための試練に耐えねばならない」

第17話 コルシカに還る

台湾での霧香とクロエの活躍に疎外感を隠せないミレイユは、ひとり故郷コルシカへと旅立つ。8歳のころ両親が殺されブーケ家と組織は全滅。行き場を失ったミレイユは叔父のフェデーに連れられ故郷を出た。それ以来の帰郷である。そこで現在のコルシカを仕切っている実力者ベルトニエと会ったミレイユは、父ローランの片腕だったマドランに会えと言われる。そして再会したマドランは、ミレイユに衝撃の事実を告げた。両親はソルダに忠誠を誓うことで、コルシカの権力を得ていたというのだ。両親はソルダのメンバーだった……。だとしたら、なぜ2人がソルダに殺されたのか。だが、それを聞く前にマドランは殺されてしまう。狙撃手を倒したミレイユの背後に迫る人影。それはクロエだった。そこでミレイユは、あなたもソルダの子だと告げられショックを受ける。パリへ戻り街を見つめるミレイユと霧香。声を殺して泣くミレイユに、霧香はどうすることもできなかった。

「あたし……ソルダの子なんだって……」
「ミレイユ？」
「あ……、あたし……」
「これ……ソルダの時計だった……。」

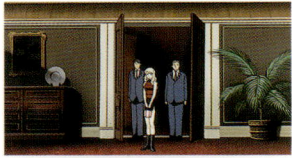

GUEST マドラン

ミレイユにブーケ家とソルダの関係を告げるが、その直後ソルダの刺客が放った銃弾に倒れる。ミレイユの両親を助けずに逃げたことから、これまでの長い間罪の意識に苦しんでいたらしく、最後は安堵の表情を浮かべ息を引き取った。

第18話 私の闇

クロエのことばに感情を制御できなくなったミレイユは、霧香に目の前から立ち去るよう告げる。あてもなく彷徨う霧香のもとへ近づいてくるソルダの男。クロエを抱えるアルテナに対抗するため、反アルテナ派は霧香を味方にしようというのだ。霧香は男の指示した場所へと向かうが、そこで会うはずだった人物はすでに死体となっており、その手には古文書のコピーが数枚握られていた。コピーの原本のありかを求める霧香は、先の男と8時に再び会う約束をする。しかし、その途中霧香の前にクロエが現われ、ソルダの使者がミレイユを狙っていると忠告してきた。暗殺時刻はきょうの午後8時。男と約束をした時間だ。迷う間もなく、ミレイユのもとへと走り出した霧香は、間一髪ミレイユを救うことに成功する。大事な手がかりである古文書よりも、霧香は自分をとってくれた。ミレイユはそのことがうれしかった。そして、自分のことしか考えてなかった自分を恥じるのだった。

「あなたはすばらしい暗殺者よ……。
そして……得体の知れない何かよ」
「———‼」

GUEST
男

ノワールがアルテナの手に落ちる前に仲間にすべく、ソルダ内部に存在する反アルテナ派がノワールのもとに遣わした男。古文書のコピーを霧香に渡し情報を提供することを申し出たが、アルテナの邪魔が入ったことで計画は失敗に終わる。

第19話 ソルダの両手

例の古文書のコピーは、13世紀ころに原本から書き写されたランゴーニュ写本の一部であることが判明。2人は独自に原本のありかを突き止め現地へ飛ぶが、すでに焼失した後だった。途方にくれるミレイユたち。そこへクロエが現われ、ノワールの秘密について語りだす。ノワールとなるものは試練を乗り越えなければならない。そう、いままでの出来事はすべてアルテナの指示によるものだったのだ。そこへ襲いくる反アルテナ派が遣わした騎士たち。絶妙のコンビネーションで敵を倒すクロエと霧香を、ミレイユは呆然と眺める。戦い終わった霧香にクロエは告げる。あなたと私は真のノワール。ともにソルダで育ち、アサシンとしての最高の資質を示した。衝撃を受け、苦悩の表情を浮かべる霧香。だが、クロエが印を結び唱和を始めると、反射的に霧香も唱和しはじめる。陶酔と恍惚の表情を浮かべるクロエと霧香。我に返った霧香に対し、ミレイユは冷たい視線を投げかける……。

「知りたくはなかった……、でも知ってしまった私はもう、夢さえ……。お願い、ミレイユ……。そんな眼で……、私を……見ないで……」

GUEST ソルダ最高評議会

アルテナの勢力拡大を恐れ、その排除に動くソルダ内部の集団。最初はミレイユと霧香の2人を自分たちの勢力へ取り込もうとしたが、それが無理とわかると、アルテナの手下であるクロエともども抹殺すべく、彼女たちのもとへ刺客を送り込んだ。

第20話
罪の中の罪

　懐中時計を手に、複雑な表情を浮かべるミレイユ。先日のクロエとの一件以来、霧香との間には大きな溝ができてしまい、修復の兆しは見られない。一方、アルテナに対抗するソルダ最高評議会は焦っていた。ノワール継承の儀式が遂行された暁には、アルテナはソルダの次期司祭長として最大の権力を得ることになる。その前に2人を抹殺しなければ……。ミレイユたちのもとへに送り込まれる選りすぐりの「騎士」たち。激しい銃撃戦の最中、霧香の目にいつもと違う何かが宿る。それは完全な殺人者の目であった。そこへまたしてもクロエが現われ、約束どおり荘園への最後の道しるべを渡すために来たと告げる。銃を下ろし、うつろな目で立ち尽くす霧香。そして、なぜかクロエは霧香に向かって銃を構える。慌てて止めようとするミレイユだが、クロエの放った銃弾は霧香へと命中。霧香は後ろに吹っ飛ぶ。クロエの口元に浮かぶ笑み。雷鳴の中、ミレイユは呆然と立ち尽くす……。

「いままでありがとう……、この子といっしょにいてくれて。
でも、この子はもう帰らねばなりません」

第21話
無明の朝

銃弾に倒れた霧香に駆け寄るミレイユ。しかし、霧香は死んではいなかった。憤るミレイユにクロエは言う。これは最後の道しるべだ。この子はきっと思い出してくれる。さらにクロエは続ける。ミレイユの両親を殺したのは霧香だと。ゆっくりと起き上がる霧香。信じたくないミレイユだが、霧香の涙が真実の程を語っていた。ソルダの司祭長の祝福を受けたミレイユにも、ノワールとなる資格がある。ミレイユの両親は、娘をソルダに引き渡すことを拒んだため殺されたとクロエは語る。衝撃の事実に呆然とするミレイユ。霧香はその場を飛び出し、雨の中を彷徨う。ソルダの刺客を迎撃する霧香の目の奥には、これまでにない狂気の影が潜んでいた。追ってきたミレイユに叫ぶ霧香。私を殺して！ゆっくりと霧香に銃口を向けるミレイユ。だが、どうしても撃てない。墓場にひとり残され、崩れ落ちる霧香。翌日、朝もやの中、リボルバー片手に歩く霧香の姿があった……。

「お願い、ミレイユ！
私を殺して！ミレイユ！ミレイユ！」

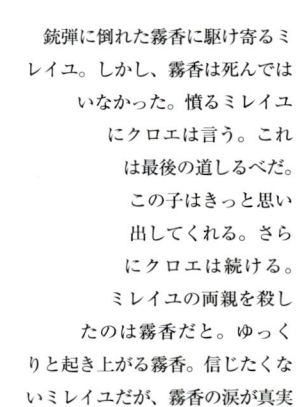

GUEST

オデット・ブーケ

代々ブーケ家はソルダに忠誠を誓うのと引き換えにコルシカ全土を牛耳っていた。しかし、自分たちの娘をソルダに引き渡すことを拒んだため、夫のローランとともにソルダの刺客・霧香に殺されてしまう。

第22話 旅路の果て

「……どうかしてる。
たくさんの人が死んでいくのに……どうして?」
「それが人の真実だからです」
「わからない!」
「いいえ、おわかりのはずです。
……ノワールであるあなたには」

どうして自分は霧香を撃てなかったのか。両親の仇だというのに……。思い悩むミレイユ。一方、荒野を彷徨う霧香は、辺境の小さな村の入り口に倒れ込む。そこはアルテナの待つ荘園の入り口にあたるソルダの村だった。霧香は無意識のうちにアルテナのもとへと歩みを進めていたのだ。その事実に霧香は愕然とする。大いなる回帰を達成するためには、ノワール継承の儀式の復活は欠かせないと語るトリスタン。しかし、そんな時代錯誤な方針を良しとしない反アルテナ派の手が村に迫る。銃撃戦が始まった村を抜け出し、森の中を走る霧香。村では人が壁となり、森への道を塞いでいる。次々と倒れる村人。その中には幼い子どもの姿も見える。案内役のトリスタンの妻マルグリットも、霧香をかばって死んでいった。みるみるうちに表情が変わった霧香は、一瞬で追っ手を全滅させる。燃え上がる村。そして舞い上がる火の粉。岩山を進み、霧香はついに荘園の前へと立つ。

GUEST
トリスタン&マルグリット

「グラン・ルトゥール」という大義名分のもと、霧香を狙う刺客の前に立ちはだかった。トリスタンは銃撃で死亡、マルグリットも敵の銃弾から霧香を庇い絶命。狂気の表情の霧香を見て満足そうに息を引き取った。

第23話
残花有情

ついに荘園へとたどり着いた霧香。一方、ミレイユのもとへ謎の男ブレフォールが現われ、ソルダのメンバーに迎えたいと申し出る。条件はひとつ。荘園に赴き、霧香かクロエのどちらかを倒して、ミレイユ自身がノワールとなること。部屋に戻ったミレイユは、偶然霧香の置手紙を発見する。そこには霧香のミレイユに対する想いが書かれてあった。ミレイユの頬を伝う涙。バカじゃないの……。懐中時計を握りしめ飛び出すミレイユ。そして、再会したブレフォールにミレイユははっきりと告げる。荘園には行く。しかしそれは自分のため、自分の家族や相棒を苦しめた奴の正体を確かめるためだ。一瞬厳しくなるブレフォールの目。しかし、結局ミレイユの決断は受け入れられることになった。健闘を祈るというブレフォールに、無言のままのミレイユ。そのころ、霧香は迎えに現われたアルテナの胸に抱かれていた。お帰りなさいというアルテナに、霧香はただいまと答える……。

「君は世界を相手にひとりで戦うつもりか」
「ひとりとは……限らないわ」

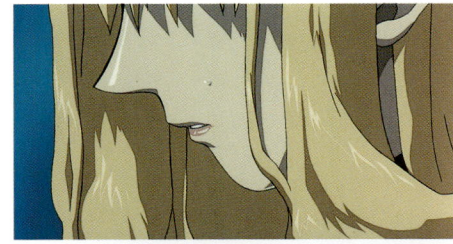

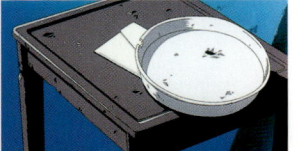

GUEST
ブレフォール

霧香を手中に収めたアルテナに対抗するため、ミレイユを取り込もうとソルダ評議会が遣わした男。足が不自由らしく外出時はいつも杖をついている。アルテナを倒すべくミレイユを荘園へ向かわせることに成功。

第24話 暗黒回帰

荘園へ帰ってきた霧香を暖かく迎え入れるアルテナとクロエ。館に入った霧香は、そこで血の匂いを感じ取る。ここで何人もの人物が殺された。その中には霧香の手で殺された者もいる……。一方、パリのアパルトマンで思案にふけるミレイユは、思いつめたような表情で部屋を飛び出す。そして翌日、部下と大勢の修道女たちを迎えたアルテナは、ノワール復活の儀式を行なうための準備を着々と進める。儀式を前にして霧香に銃を渡すアルテナ。だが、そのとき霧香の脳裏に子どものときの記憶が甦る。あのときもこうして銃を渡され、ミレイユの家族を殺した……。突然、激しい葛藤に襲われ、頭を抱える霧香。やがて顔を上げた霧香は、アルテナへと銃を向ける。撃ちなさい。静かに諭すアルテナのことばに、銃を下ろす霧香。アルテナに抱きしめられた霧香は、至福の表情を浮かべる。そして同じころ、ミレイユの運転する車は、荘園の入り口に差しかかろうとしていた……。

「目をそらしてはなりません。その暗黒から、業苦に満ちた世界から。義務があるのです。あなたにも、私にも。ならば私たちは、最も許されざる罪をこの身に背負いましょう」

GUEST
ボルヌ＆マレンヌ

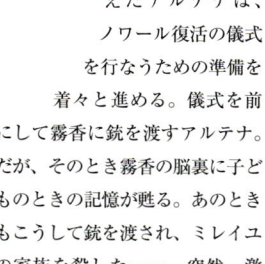

原初ソルダの意志にもとづきノワールを復活させるというアルテナの考えに同意するソルダの者たち。そのためにはみずからの命さえ厭わない。アルテナを自分たちの盟主と仰ぎ、ノワール復活の儀式の準備を進める。

第25話 業火の淵

儀式の日が訪れた。うれしさに満ちあふれている表情のクロエとは対照的に、霧香は相変わらず無表情のままだ。そして、みそぎの沐浴を終えた2人のもとへ、ミレイユが姿を現わす。即座に銃を放つ霧香だが、懐中時計からあのメロディが流れてきた瞬間、体を震わせ動きが止まってしまう。一方、ミレイユを追いつめたクロエはとどめを刺そうとするが、間一髪霧香の放った弾丸がナイフを弾き飛ばした。どうして……。すべてを悟り、思い出のフォークを捨てるクロエ。霧香が自分よりミレイユを選んだことを知ったクロエは激情にかられ、霧香に襲いかかるが、霧香は防戦一方でクロエとまともに戦おうとしない。万策つきたクロエはミレイユに向かって走り出す。叫ぶ霧香。だが次の瞬間、倒れていたのはクロエだった。ミレイユを助けるため、霧香がクロエをフォークで刺したのだ。霧香の目から溢れる涙。悲しみを胸に2人は最後の敵に向かって歩きはじめる。遠ざかるクロエの亡骸。その傍らにはあの思い出のフォークが置かれていた……。

「パリで暮らすあなたとミレイユは、とても……とても……！」

「!?」

「私だったのに‼ 私のはずだった……」

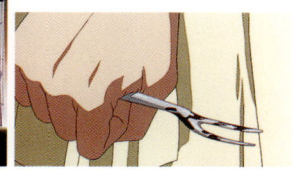

第26話 誕生

アルテナを追って地下通路を急ぐ2人。その目前に地下宮殿が姿を現わす。アルテナの挑発に対し、復讐の呪縛から逃れるミレイユ。だがそれを見たアルテナは、ミレイユを撃つ。思わず銃を構える霧香にアルテナは叫ぶ。引き金を引け、そして真のノワールとして生きろと。しかし霧香は、ミレイユを守ろうとアルテナの銃弾の前に身を投げ出すのだった。驚いて銃を下ろすアルテナ。と次の瞬間、霧香はアルテナに飛びつき、火の中に飛び込んだ。寸前で霧香の腕をつかんだミレイユ。別れを告げる霧香だったが、ミレイユの涙を見てその腕をつかみ返し、生きようとするのだった。館に到着したブレフォールたちの前に傷ついた2人が姿を現わした。我々の生きる世界は暗闇だと諭すブレフォールにミレイユは言う。だから人は灯を求めるのだと……。闇に消えていく霧香とミレイユ。だが、その姿は光り輝いていたように見えた。

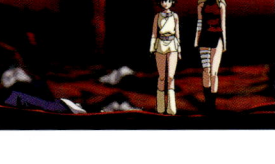

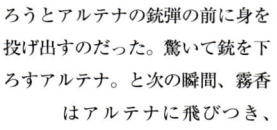

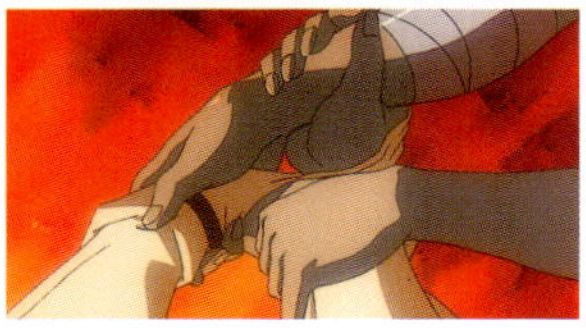

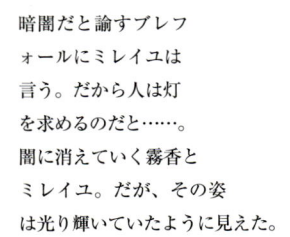

「これから……どうする?」
「パリに帰って、熱いお茶が飲みたいわ。話しはそれからよ……、どう?」
「……うん」
「あんたが入れるのよ」
「……うん」

INTERVIEW
―インタビュー―

世界各地を転々と移動し、ミッションを遂行するノワール。そこにはその国ならではの風景と、そこに暮らす人々の息遣いが伝わってきた。

監 督

真下耕一
KOUICHI MASHIMO

●ましも・こういち／代表作に「未来警察ウラシマン」、「無責任艦長タイラー」、「EAT-MAN」、「砂漠の海賊！キャプテンクッパ」(いずれも監督) など

夕暮れどき、駅舎を襲う突然のスコール。
どこまでも続く乾燥した荒野と、白い岩肌。
街灯もないくせに、明りを反射させる深夜の石畳。
二千年前の祈りが溶け出したようなアーチ橋、てすりの蝋燭。
異国の街、異国の道、異国の土、異国の花。
旅は、知りもしなった自分のほんとうの姿を教えるから、・・・やめられない。
うーむ、自分が何者であるか判っているなんて、砂漠の熱い蜃気楼のような錯覚かも。
ホントは、自分が判っている者なんて、誰ひとりいないさね。
判ってるフリした大人顔でいれば、みんな正義と平和の安心仮面。
なみだ涙で、笑っちゃうさね。

「ノワール」……。
四人の可憐な狼たち、その残酷な出会い……。
非情なルールと、薄情な世間。
義理と人情のお漬物はネット・バザールで売り飛ばされる御時世だもの、オークションにかける値打も失せたのだろう。
命。
苛酷な旅の道中で、それぞれの眼は何を見、何を感じ取ったのやら。
心。
やつらの暗黒ジャーニーが、終わったなどと信じる者は誰ひとりいない。
痛み。
そーゆう物語、そーゆう旅。
うーむむ。
さてさて、貨物列車がながく単調な音を残す深夜。
ひと呼吸おいたら、使いっぷるした世界地図を「えいやっ」と広げて、お見せしましょう……。

脚本

月村了衛
RYOUE TSUKIMURA

●つきむら・りょうえ／代表作にOVA「てなもんやボイジャーズ」(原作&脚本)、「天地無用！」(シリーズ構成)、「神秘の世界エルハザード」(脚本) など

——どのようにしてこの物語をつくられていったのか、その過程を教えてください。

クロエ「あの男の脳髄に、黒き処女の影が差したのは1996年初頭のことでした。最初はあの子とあの子のお友達、そして次に私の影が、彼の心の水面に滴り落ちた。3つの水滴はあまりに黒く、静寂のうちに波紋を広げていったのです。

　彼の心はその波紋に掻き乱された。あの子がお友達と巡礼の旅に出る。あんなに無垢で繊細でありながら、あの子は躊躇も虞もなく勤めを果たす。蜃気楼のようにありえぬはずの物語。彼は考えました、蜃気楼に実体を与えよう、現実という名の実体を。そのためにはどうすればいい？　そこで初めてソルダが芽生えました。私たちを成立せしめる逆説として。

　あの男は当初、黒き処女たちの物語を大手出版社とある製作会社の共同プロジェクトとして進めていた。でもそれは実らなかった。彼は嘆き悲しんだ。

　それでも黒き水脈は絶えることなく刻々とその枝葉を伸ばしていました、あきらめを知らぬあの男の胸の中で。不毛の荒野に浸透したソルダの如く。

　月日が流れ、物語の大河はすでにその全貌を露にしていました。水脈の中間地点に立っているシシリアン娘の姿も、嘲笑う毒虫の姿も、彼にははっきりと見えていた。

　そして1998年11月19日。あの男は水脈のほんのとば口を、Victorなる企業に示して見せたのです」

——全話のシナリオを手がけられたことからも、並々ならぬ思いを感じられるのですが。

クロエ「己の心の黒き炎は、あの男がみずから掬い取らねばなりません。それが彼のさだめであり、勤めであり、業なのだから。

　たとえ何を犠牲にしようとも」

——ミレイユ、霧香、クロエ、アルテナの4人について、それぞれどのように書かれてきたのでしょうか。

クロエ「私ばかりかわいがって——あの男は皆によくそう言われていました。本当にそうでしょうか？　私にはあの子のお友達の方がかわいがられていたような気がしてならない。だって、私はあの子とあまりいっしょにいられなかったのだから」

——この作品は今後も仕事をされていくうえで、糧となったり影響として残るものはありましたか？

クロエ「形としては何もない。何も、残りはしない。ただひとつ……彼の心の黒き炎は、いまも消えてはいない。いつまでも燻りつづけるでしょう。自分の魂が決して救われぬであろうことを、あの男は知っているはずです」

——そのほか、この作品に関する思い出やエピソードなどありましたらお願いします。

クロエ「あの男の仕事は、2001年4月5にはすべて終わっていました。

　私が知っているのはその日まで。

　私は黙ってあの男を見送りました。それからのあの男のことなど知りはしない。彼は自分で選んだ道を行けばいい。

　そして私は荘園へ還る」

プロデューサー

北山 茂
SHIGERU KITAYAMA

●きたやま・しげる／代表作に「トライガン」、「エクセル・サーガ」、OVA「ジオブリーダーズ／魍魎遊撃隊」(いずれもプロデューサー) など

「ノワール」のオリジナルの原案は月村了衛さんの企画ノートです。物語は月村さんの構想やイメージをベースに、真下監督と私を交えた三者でディスカッションしながら組み立てていきました。細かい設定やアルテナというキャラクターなども、この中から生まれています。実は私、原作モノの映像化が多くて、完全オリジナルの企画はこれが初めてなんです。そんなわけでキャラの造形からシリーズ構成、シナリオやコンテ、アフレコやダビングに至るまで越権行為とも言えるほど意見して、関係各位にご迷惑をおかけしたかと(笑)。でも、それだけに自分にとって一番かわいい作品かもしれません。

　番組を進めていくうえでは、それはもうここには書けないような苦労が山のようにありました(笑)。犯罪アクションものというところで、放送上セリフやアクションシーンの表現には気を遣いました。女の子のパンツというのは俺的に「見えそで見えない」のがエロティシズムだと思っているので、問題なしです(何が)。

　キャラクターデザインについて言えば、霧香は割とすんなり決まったような気がします。最初のデザインでは髪が長かったのですが、性格付けやらアクションのことやらで、ショートヘアで再デザインにしていました。最初から小柄でつるぺたでしたね。服装がダサダサなのは監督の演出意図によるものです。ミレイユは方向性をいろいろ模索して菊地さんにはご苦労をおかけしました。3〜4度目にあがってきたラフがよかったので、それをベースに現在のデザインになったような気がします。ラフでは胸が小さかったですが、霧香との差別化でグラマーになりました。腰つきと脚のことでうるさく注文をつけて菊地さんに嫌われたのは俺です。すいません。ちなみに俺は脚フェチで胸はどーでもいいので胸には注文つけてません。俺的にはミレイユ激LOVEです。可愛いよね。

　メインキャストはオーディションで決めました。桑島さんは最初ミレイユ役で来られたのですが、スタッフからの提案で霧香をやっていただいたところバッチリだったので。三石さんは大人の色気とおきゃんな娘っぽさと苦労人なところが贅沢に欲しかったので。久川さんは予想を裏切る幼女声で即決です。クロエというキャラがあんなに支持されたのはうれしい誤算。キャラの方向性という意味で、久川さんの貢献度は大きいです。TARAKOさんもオーディションテープを聞いて満場一致で決まりました。

　そして反響を呼んだ第25話ですが、ファンからのリアクションは、「トライガン」という作品をやったときの経験があったので覚悟してました(笑)。ファンの反応は、高校生の皆さんや女性の方から予想以上に反応があったのがうれしかったです。

　どちらかといえばクロエ＆アルテナの方が信念をもって行動していて、霧香とミレイユはあっちこっち悩んで思考錯誤しながら生きているんですよね。その辺の対比を見て、それぞれに感情移入してもらえると個人的にはうれしいかと。

キャラクターデザイン

菊地洋子
YOUKO KIKUCHI

●きくち・ようこ／代表作に「アークザラッド」、OVA「小鉄の大冒険」、ゲーム「卒業3」（いずれもキャラクターデザイン＆作画監督）など

ある日、カントクに呼ばれ、企画書を渡されました。

「ひとりは日本人、ひとりはフランス人。こうこうでこういうカンジに…」

えっ……？　何だかよくわからないうちに、なぜかキャラクターデザインをすることに決まってました。

まあ、じゃあ引き受けたからには全力でがんばらねばと、イロイロ描いて、イロイロ言われて、イロイロ変更になって、本当にイロイロありました。まあ、本気と本気のぶつかりあいってそういうもんでしょう、といまになっては思えます。

「こんなオソロシイ作品本当にやるんですか、カントク？」

「やるんだよ、キクチヨウコ」

「はぁ……マジっすか？」

そんな会話しましたねえ。

「霧香のスカートをもっとみぢかく、もっとみぢかく」

北山Pに言われました。でも霧香は少女にしたかったんです。なので、ミーちゃんにサービス部分を受けもってもらいました。ミーちゃんは、デザイン完成にもずいぶん時間がかかったし、立場もなんだか不憫で、つい肩入れしてしまいます。

霧香とミレイユのデザインができあがってから、クロエとアルテナはほかの方がもうデザインに入っていると聞いたので、ちょっとビックリしました。「情報おそいよー」とムッとしたりもしましたが、できあがってきたモノを見て「ああ、スゴイなあ。私じゃこうはいかんなあ」と感心してしまいました。芝さん、宮地さん、お2人ともサスガです。やられました。脱帽。

とある事情であまり本編には参加することができなかったですけど（仲たがいじゃないですよ）、リベンジする機会があるといいですね。オリジナルの難しさ、大変さを教わった作品でした。

芝美奈子
MINAKO SHIBA

●しば・みなこ／代表作に「ワイルドアームズ」（作画監督）、「まほろまてぃっく」（作画監督）、「ふしぎ遊戯」（原画）、「妖しのセレス」（原画）など

私が「ノワール」に参加することになったのは、キャラコンペのお誘いをいただいたことがきっかけです。そのときにキャラクターを4人分描いたのですが、その中でアルテナが採用されることになり、今回キャラクターデザインとして参加することになりました。アルテナは、最初に監督からキャラについての説明を受けたときに、修導女のイメージが頭に思い浮かんだので、そのまま描かせていただきました。最初の段階ではもっとシスターっぽい服を着ていたのですが、「何をしているのかわからない人にして」と言われたので、思いきってファンタジー風で描いてみたんです。それが通ってしまい、いまのデザインになりました。ちなみに、キャラクターが決定するまでは、「互いに影響を受けないように」と言うことで、菊池さんや宮地さんのキャラは見せてもらえませんでした。

この作品のキャラクターは、みんな何を考えているのか分からない部分があります。なので、描いていて苦労したこともありましたね。アルテナも最初はどんな性格なのか決まっていなかったので、表情集はやたらと無表情なものばかりになってしまいました。

15、16話の敵キャラは、私にとって愛着のあるキャラたちで、みんな好きです。特にホウとか、裏でコソコソ悪いことしてそうなヤツとかがお気に入りです。出番は少なかったけど……。そのほかには、24話のマレンヌとか好きですね。

作業中、岡さんに原画を描いて欲しくて、演出の有江さんと共謀してチョコ○ザウ○ル20個で釣り上げたことが思い出深いです……ってこれはヤバイ!?（笑）

何はともあれ、アニメのキャラクターデザインは初めての経験だったので、色々と勉強になりました。

宮地聡子
SATOKO MIYACHI

●みやち・さとこ／代表作に「少女革命ウテナ」、「彼氏彼女の事情」、「NG騎士ラムネ＆40炎」（いずれも原画）、「メダロット」（作画監督）など

私が担当したのはクロエと各話のゲストキャラです。作品に関わるきっかけは、ビィートレインの社内で真下さんとすれ違いざまに目があって、ニヤリとほほえまれたからです。その数週間後には、キャラのラフを出してました。まさに真下マジック！（笑）でも最初に出したラフはボツになってしまい、そのときに「真下的クロエ絵」を見せられたんです。それに触発されて、あのようなキャラになりました。マント姿がまず最初にあって、マントの中身の方は全然考えていなかったので、そこが一番時間がかかりましたね。クロエのデザインで一番私がこだわったのは、ペチャパイです（笑）。真下さんがクロエのない胸を見て「クロエはこうだよね」と言われたことが自分的にうれしかったです。

ほかのキャラだと、12話のロシュマン。私たちの間では彼のことを井上揚水と呼んでいたのですが、ネットではタモリと言われていたので、それがちょっとおもしろかった記憶があります。

菊地さんとは残念ながら作業中にお会いする機会がなかったのですが、版権イラストのエッチさぶりにはいつもドキドキしつつ原画を描く時に参考にしてました。

25話のアフレコを見に行ったのですが、久川さんと桑島さんの演技は、もう演技というよりクロエと霧香が乗り移ったかのようでした。クロエが霧香に自分の気持ちをはきだしながら戦うシーンや、霧香がクロエを殺して泣くシーンは、アフレコ見ながら思わず泣いてしまいました。でも後で聞いたら、いっしょに行った芝さんと江森さんも泣いてたらしいです（笑）。

「ノワール」で得たものですか……。きっとこの先、ふと「これがそうか」と思うときがくるんでしょうね。

三石琴乃
KOTONO MITSUISHI
× as
ミレイユ・ブーケ

●みついし・ことの／12月8日、東京都生まれ。代表作は"美少女戦士セーラームーン"シリーズ（月野うさぎ役）、"新世紀エヴァンゲリオン"（葛城ミサト役）、"新世紀GPXサイバーフォーミュラ"シリーズ（菅生あすか役）、「GEAR戦士 電童」（ベガ役）、「フルーツバスケット」（楽羅役）など

「ノワール」とは、ひとことで言うと「濃厚」。ミレイユとの最初の出会いはオーディションでした。1次と2次があって、2次のときに監督が出来上がっている1話の映像を少し見せてくれたんです。スタッフサイドの意気込みを感じて、ぜひこの役をやりたいと思いました。ミレイユの表面的な明るい部分と、仕事をしている時のプロフェッショナルな冷徹さ……この2面性を演じ分けることが、なんとも楽しかったです。意識して注意していたことは、「息」などのアドリブを音楽やSEに負けないよう、音としてボリュームを出して、尚かつ不自然にならないように入れていました。ミレイユは、第一印象とほぼ変わらず最終話までいきましたね。作品の雰囲気が雰囲気ですから、アフレコ現場は全体的に静か〜でした。回りからはおおむね好印象でした。深夜の放送だったので、業界内で見ている人が多いんだなぁという印象です。ある日、スタジオに行くと、法子ちゃんが霧香と同じ黒いワンピースを着ていて「や、やるな桑島……」と、その役者心に関心しました（笑）。

「ノワール」は終わってしまうのが寂しい作品。もっと関わっていたくて……。ストーリーは、希望通りの幕引きでよかった……とよい気分でした……。オンエアーを見るまではっ！ あの最後の銃声2発は、いったいなんだっ？ 台本にはそんなト書きなかったぞ!? う、撃たれたかのか〜っ!? と、心が騒いだのですか、スタッフに聞いたところそうではないらしいとのこと。ほっ。もう、真下監督ってば……。

PS．物語も終盤になり、毎回どっぷりハードな展開になってきたころ……。スタジオで、モノコムサの犬のマスコットやヤマネの写真集を見せ合ってはきゃっ！きゃっ！していた私と法子ちゃん。お話が暗いから、何か、可愛く優しいものに癒されたい気持ちがそうさせたのか？ ちなみに現在、犬のマスコットは我が家に4匹、あ〜どんどん増えていく〜（汗）。

桑島法子
HOUKO KUWASHIMA
× as
夕叢霧香

●くわしま・ほうこ／12月12日、岩手県生まれ。代表作は「機動戦艦ナデシコ」（ミスマル・ユリカ役）、「アルジェント・ソーマ」（ハリエット・バーソロミュー役）、「Z.O.E Dlores, i」（ドロレス役）、「機巧奇傳ヒヲウ戦記」（ヒヲウ役）など。アニメ以外でもラジオのパーソナリティーなどで活躍中

霧香は儚げで、つかみどころがなくて、でもめちゃめちゃクールに仕事をこなす。それに、口数が少ないので逆に難しいな、と最初は思いました。でもシリーズが続いていくうちに、現場に入ると自然に霧香になれるようになりました。少しずつ感情を表わしはじめたり、ミレイユに対して打ち解けていったりするのが分かるので、それは見ていてうれしかったです。

第1話の中で、「こんなに簡単に人を殺せる……。なのに、何で悲しくないの？」みたいな台詞がありますよね。「この問いかけは最後までカギになるだろうな」と想像していたけれど、やっぱりそうでしたね……。「私はいったい何者なのか？」。それはまさに、思春期に誰もがぶち当たるかも知れない壁で、暗殺者という特殊な職業でありながら、なぜか見ている人たちが感情移入してしまう。

ミレイユと霧香──。この2人の関係が好きで、2人の会話が特に好きでした。スタジオにいると、本当にミレイユに恋する（変な意味じゃなくて）霧香になりきって、ボーッと三石さんのお芝居に聞きほれてしまったり♥♥（ごめんなさい。霧香、台詞少なかったもので……）。でも私だけでなく、霧香のほうもミレイユに出会って自分探しをしていくうちに、ミレイユになついていってしまって（笑）。霧香には頼れる人がミレイユしかいないから、拾ってもらった飼い猫みたいに、ミレイユになついていっちゃうんですよね。

後半の展開は非常につらく、悩みました。特に黒キリカ（覚醒した方）は、私の想像を超えていて……。でも、こういうストイックな役、変わった役は好きなので、演じ甲斐がありました。こんな素敵なオリジナル作品に出られたことがなにより嬉しい。私の宝物です。アリガトウ。本当に、続編つくるんですか？ 楽しみにしています。

「また会おうね。ヨイショ」

久川綾
AYA HISAKAWA
× as
クロエ

●ひさかわ・あや／11月12日、大阪府生まれ。代表作に"美少女戦士セーラームーン"シリーズ（水野亜美）、ＯＶＡ「ああっ女神さまっ」（スクルド役）、「少女革命ウテナ」（薫幹役）、「カードキャプターさくら」（ケルベロス役）、「フルーツバスケット」（草摩由希役）、「Ｘ -エックス-」（丁役）など

　オーディションのときのキャラ表で初めてクロエを見て"幼い女の子"という印象を受けました。けれど見た目とは全く違って大人顔負けの殺し屋。初登場のお話では役づくりに大変でしたが、真下監督が直々に御指導下さったので少しづつキャラが固まってきました。淡々とした中にエキセントリックな言いまわしを混ぜるお芝居を試みるんですが、コツがなかなか掴めなくて。でも12話の「刺客行」でやっと「あ、これだ」という感覚を掴めたような気がします。それほど私にとってクロエはいままでに演じたことのない新鮮なキャラでした。最後はあんな形で逝ってしまうなんて（笑）。でも物心ついたときから"真のノワール"という夢をもって迷うことなくその目標に向かって歩みつづけた彼女の生き様は、「自分が何をしたいのか」さえ見つけるのが難しい現代の若者たちより、はるかに充実して幸せだったのではないかと思います（"殺し屋"という夢がいいか悪いかは別の問題として）。
　琴乃ちゃんとはセラムンで長い間チームメートだったし、法子ちゃんとは最近よくレギュラー番組がいっしょだったり（家に遊びに来てもらったり（笑））、ＴＡＲＡＫＯさんはムードメーカーお姉さんだったので、ノワールのお話自体はシリアス路線なのにアフレコ現場は女性４人の和やかな雰囲気でした。先日の打ち上げではスタッフの方々からクロエのセル画（オープニング使用の。しかも背景つき‼）を額入りでいただいて感激しました。リビングに飾ってあります。この前、サントラを聞きながら車を運転していたら、妙に緊張感が漂い、ハンドルを握る手に力が入るんです。どこかから誰かにねらわれているみたいな（笑）。ノワールはそれほど音楽もすごく存在感があるんですよね。この作品に参加できたことをとても誇りに思っています。制作に携わった皆さま、本当にお世話になりました。ありがとうございました‼

TARAKO
TARAKO
× as
アルテナ

●たらこ／12月17日、群馬県生まれ。代表作に「ちびまる子ちゃん」（まる子役）、「さくらももこ劇場　コジコジ」（スージー役）、「まじかる★タルるーとくん」（タルるーと役）、「みかん絵日記」（みかん役）、「パディントン」（パディントン役）、「ＮＧ騎士ラムネ＆40」（ヘビメタコ役）など

「こんなキャラクターのオーディションがあるんだけど」
　全てはうちのＨマネージャーの、そのひとことから始まりました。受かるわけないダメもとだ！　と思いつつ、ほんの少しの希望も込めて作ったオーディションテープ。いやあ、神様っているなぁと思いました。アルテナのような女性を演じたのは初めてで、かなりドキドキしましたが、とにかくセリフの一文字一文字を大切にしようと心がけました。
　スタジオの雰囲気も良かったなぁ。法子ちゃんはかわいくて琴乃ちゃんはカッコ良くて綾ちゃんはチャーミングで、みんなそれぞれ個性があって、存在感があって……何より仕事がはやい‼　これはプロとして大事なことですね。あと忘れちゃいけないスタッフさんたちの心意気‼　ケイタリングはもちろん、作品へのこだわりもすごい‼　ホントに脱帽しました。
　最終回を終えた後は、寂しさとほんの少しの安堵感とまたやりたいという期待が胸の中でグルグルとミックスされて、その夜は眠れなかったです。
「ノワール」はあなたにとって、何？　と聞かれたとき、私は"空"と答えました。確かにそこにある、でも、決して触れることはできない。近くのようでとても遠くて……。
　音楽も好きですね。すごくメロディアスで神秘的で……アルテナのテーマ曲でもある「ララバイ」という曲を唄わせてもらったんですが、唄うたびに色々なシーンが頭をよぎって目がうるっとなりました。本当にこの作品に出会えてよかった。違う自分を見つけることができました。
　あっ最後にひとつ。初めてアルテナが登場した時（というより初めて喋ったとき）、声のトーンが高くなっちゃったんですよ。緊張してたのかな。ゆえに、最終回と見比べてみるとちょっと「おや？」と思うかも……。ご愛敬ということでカンニンしてくださいましね。

NOIR GALERIE
—ノワールギャラリー—

各媒体を彩った黒き処女たちの華麗なイラストレーションを掲載。ノワールのたどった足跡を振り返ってみよう—。

「ニュータイプ2001年9月号付録」より
illustrated by SATOSHI OSAWA
finished by SAYURI YOSHIDA (STUDIO ROAD)

「アニメージュ2001年6月号」より
illustrated by SATOSHI OSAWA
finished by MASAKO IKI (STUDIO ROAD)

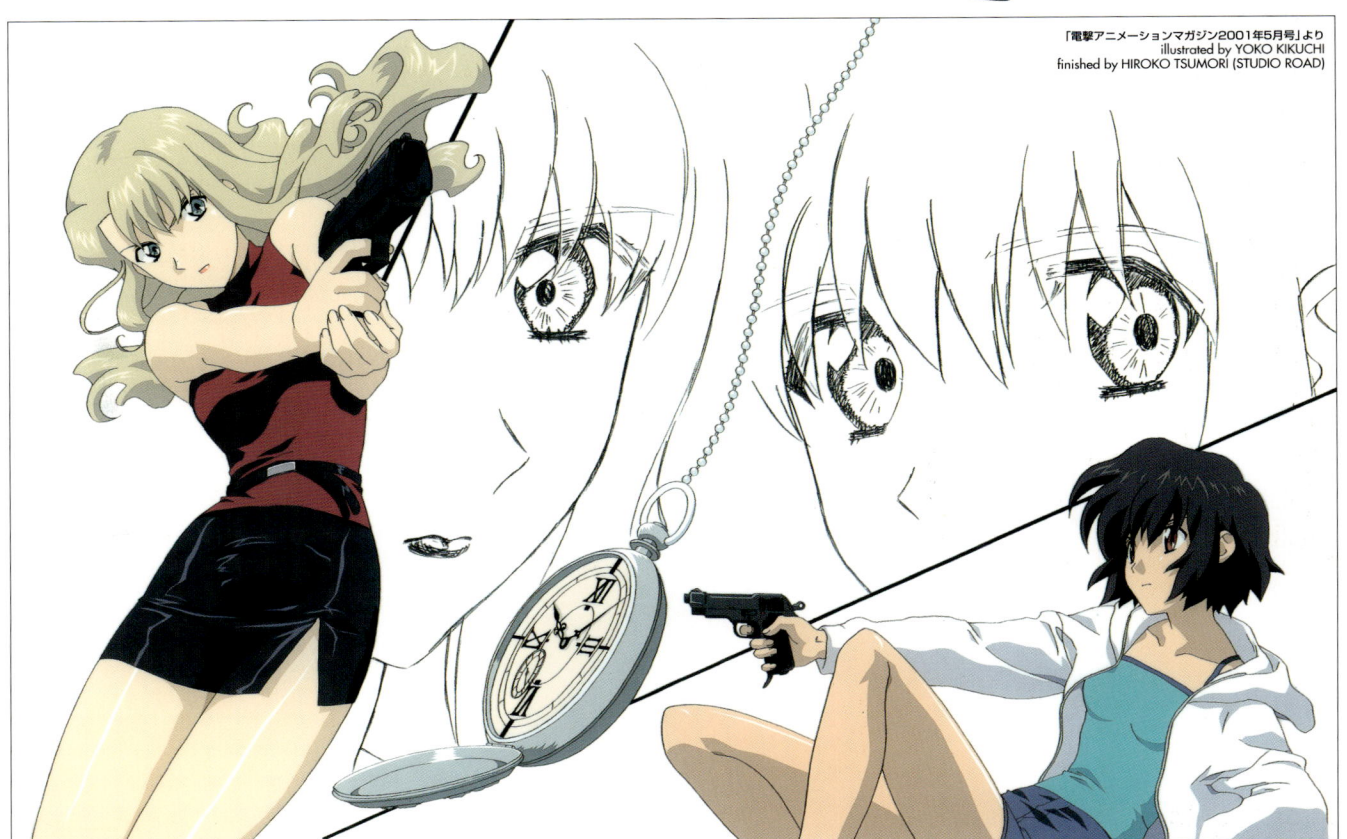

「電撃アニメーションマガジン2001年5月号」より
illustrated by YOKO KIKUCHI
finished by HIROKO TSUMORI (STUDIO ROAD)

JAQUETTE COLLECTION

CD

シングル「コッペリアの棺／ALI PROJECT」より

アルバム「blanc dan NOIR～黒の中の白～」より

DVD

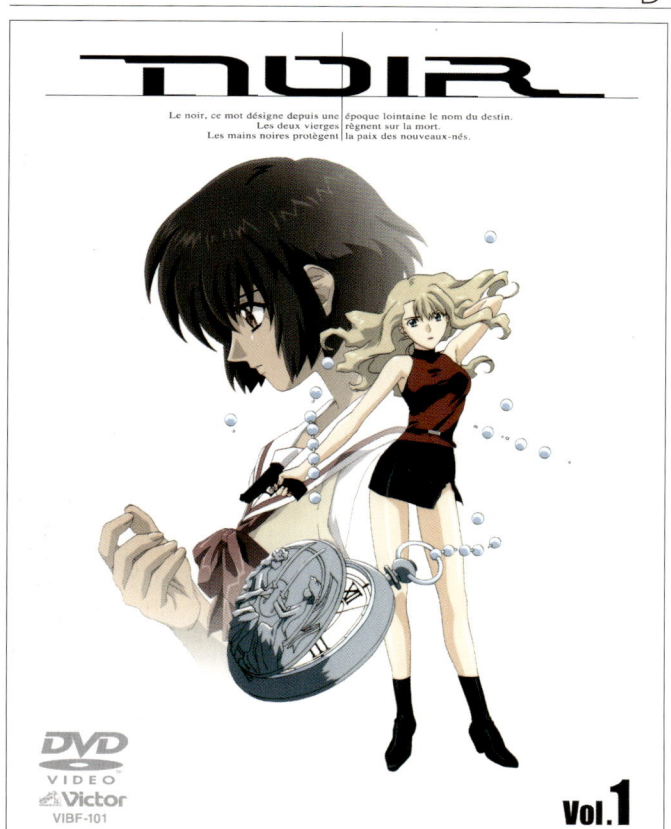

Vol.1
VIBF-101

Vol.2
VIBF-102

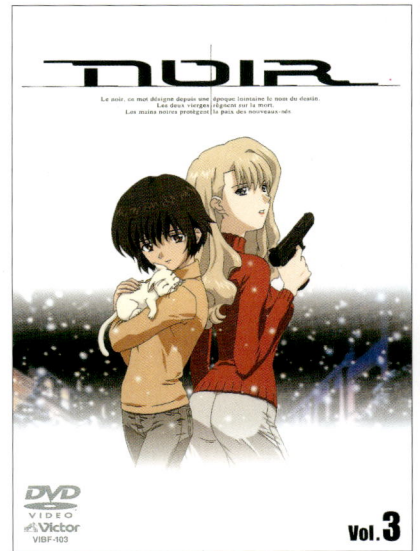

DVD BOXより

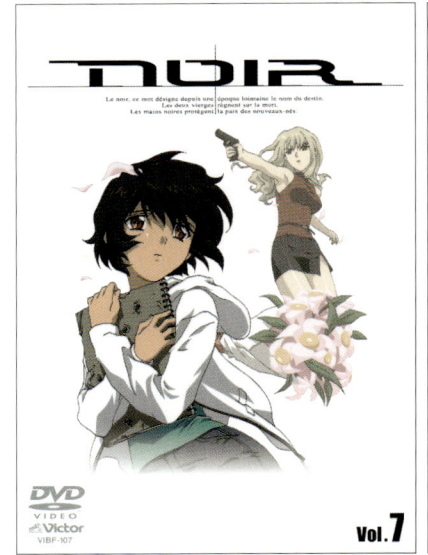

83

「ニュータイプ2001年5月号」より
illustrated by YOKO KIKUCHI
finished by TOMOKO NAGAHAMA (STUDIO ROAD)

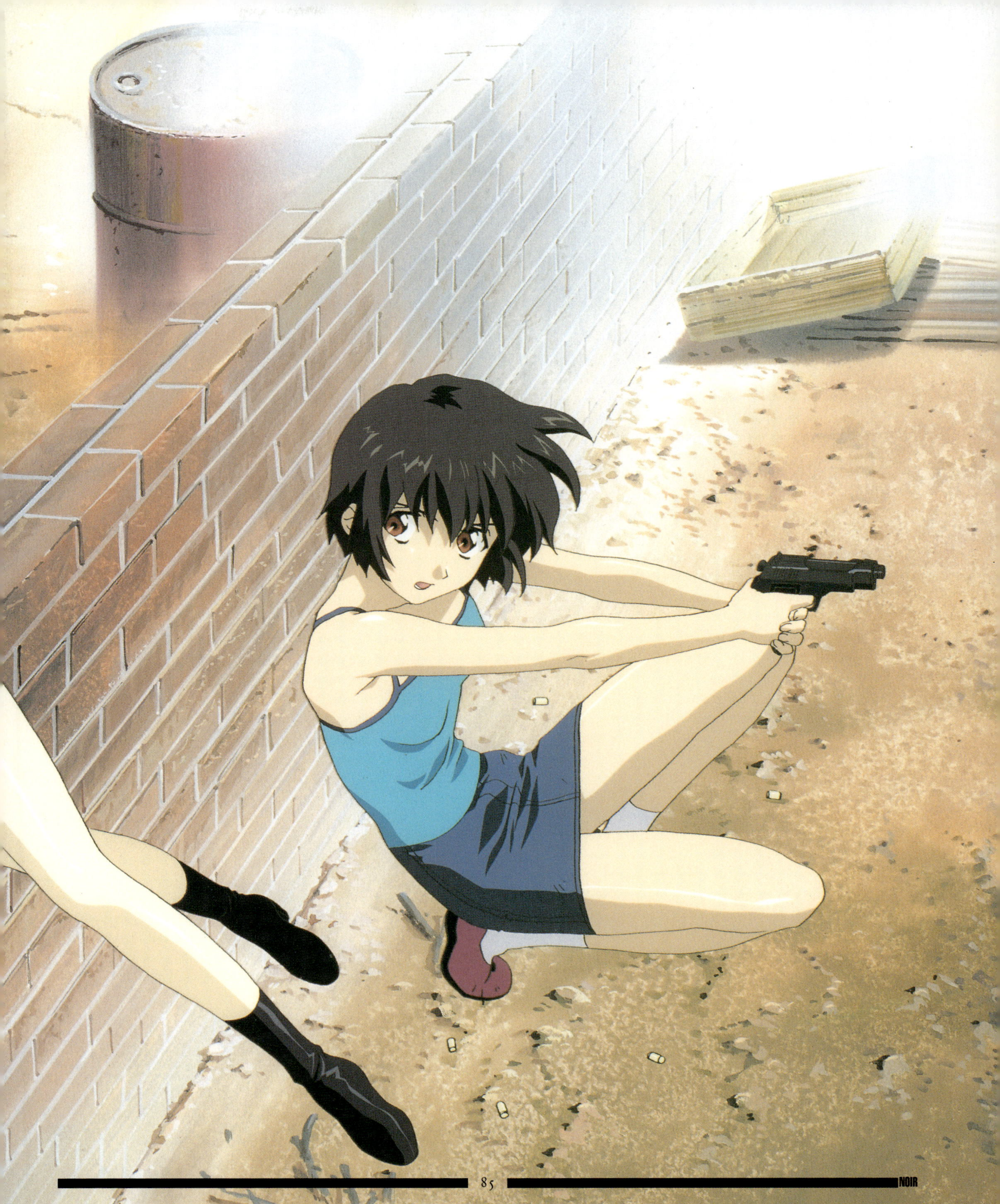

「ニュータイプ2001年10月号」より
illustrated by YOKO KIKUCHI
finished by SAYURI YOSHIDA (STUDIO ROAD)
background by PRODUCTION AI

NOIR   86

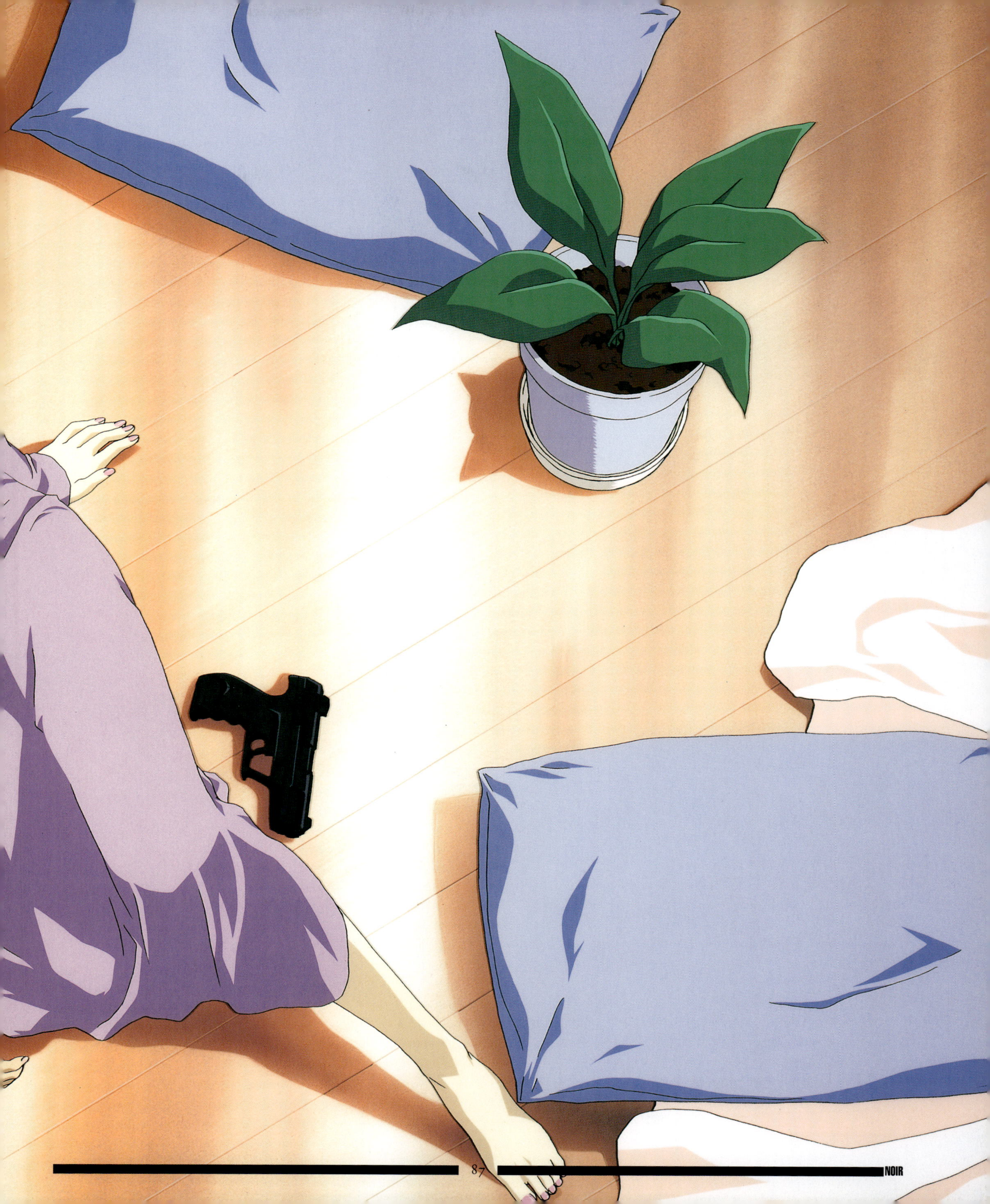

「ニュータイプ2001年8月号」より
illustrated by MINAKO SHIBA
finished by SAYURI YOSHIDA

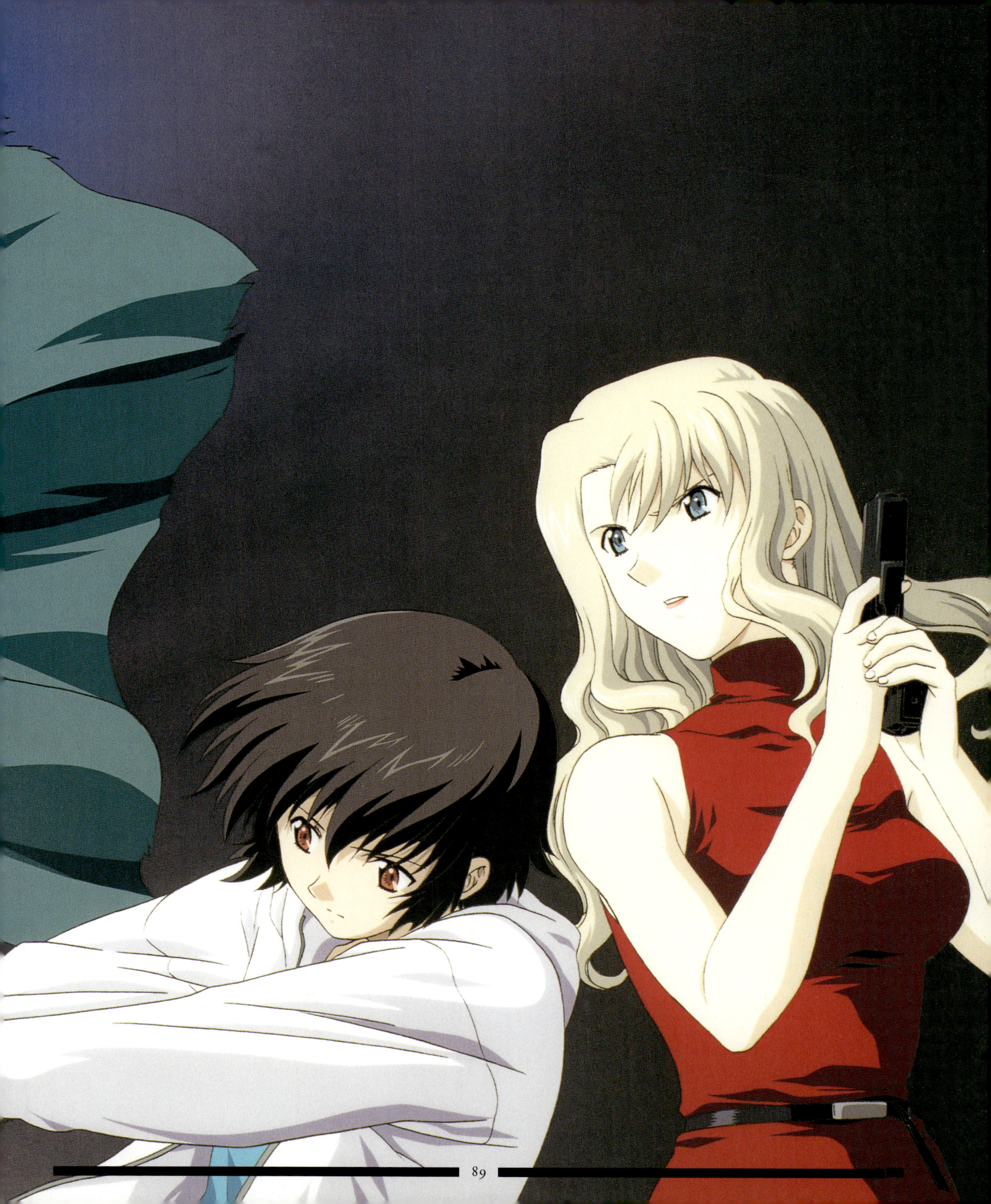

「ニュータイプ2001年10月号」より
illustrated by SATOSHI OSAWA
finished by TAKAYUKI YOKOSE (STUDIO ROAD)

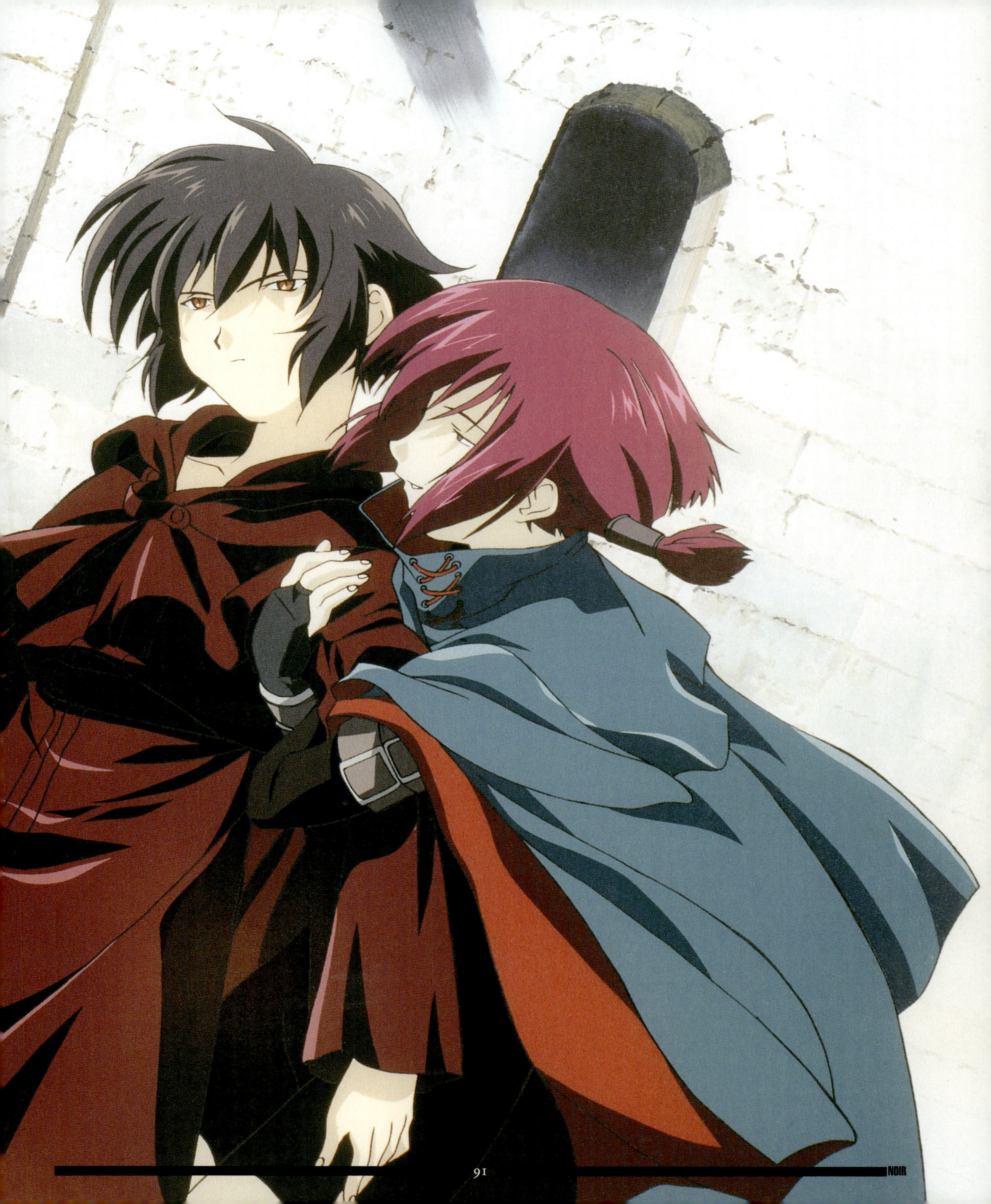

「ニュータイプドットコム2001年11月号」より
illustrated by YOKO KIKUCHI
finished by SAYURI YOSHIDA (STUDIO ROAD)
background by PRODUCTION AI

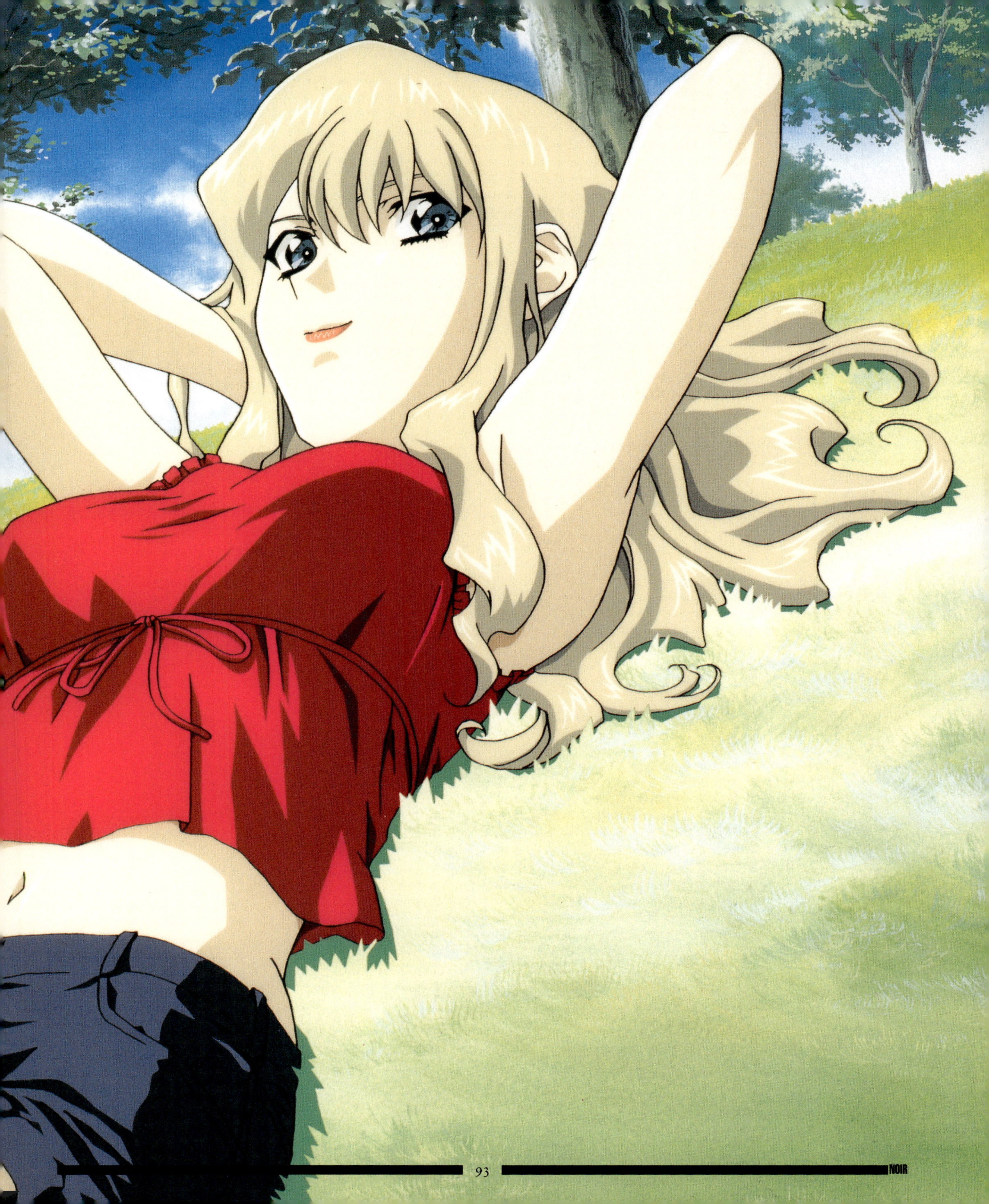

STAFF & CAST LIST

■MAIN STAFF

企画	佐々木史朗
原案・構成・脚本	月村了衛
プロデューサー	北山茂
キャラクターデザイン	菊地洋子・芝 美奈子・宮地聡子
メカニカルデザイン	寺岡賢司
色彩設計	片山由美子
特殊効果	村上正博
美術監督	小山俊久
撮影監督	森下成一
	武原健二
編集	森田清次
音楽	梶浦由記
音楽ディレクター	福田正夫
オープニングテーマ	「コッペリアの柩」
作詞	宝野アリカ
作曲・編曲	片倉三起也
歌・演奏	ALI PROJECT
エンディングテーマ	「きれいな感情」
作詞・作曲	新居昭乃
編曲	保刈久明
歌	新居昭乃
アニメーションプロデューサー	江川功爾憲
	神林名里
監督	真下耕一
制作	ビィートレイン
製作	ビクターエンタテインメント

■MAIN CAST

夕叢霧香（ゆうむらきりか）	桑島法子
ミレイユ・ブーケ	三石琴乃
クロエ	久川綾
アルテナ	TARAKO

■OPENING STAFF

作画監督	菊地洋子
	大澤聡

■ENDING STAFF

作画監督	菊地洋子

第1話 「黒き手の処女（おとめ）たち」

■STAFF
脚本	月村了衛
絵コンテ	真下耕一
演出	真下耕一
作画監督	大澤聡
美術監督	小山俊久

■GUEST CAST
男A	伊崎寿克
男B	酒井敬幸
男C	茂木優
学生A	比嘉久美子
学生B	神田理江

第2話 「日々の糧」

■STAFF
脚本	月村了衛
絵コンテ・演出	橘正紀
作画監督	門智昭
美術監督	小山俊久

■GUEST CAST
ルグラン	宮田光
クレッソワ	家中宏
ユベール	藤城裕士
ロカール	永野広一
司式者	河野智之
アンリ	本美奈子
アンリの母	多緒都

第3話 「暗殺遊戯」

■STAFF
脚本	月村了衛
絵コンテ・演出	川崎逸朗
作画監督	鍋田香代子・入江健司
美術監督	小山俊久

■GUEST CAST
夏水仙の女	大坂史子
デュクス	大林隆之介
無線の声	坂口候一
男A	河野智之
男B	茂木優
店員	村井直子

第4話 「波の音」

■STAFF
脚本	月村了衛
絵コンテ・演出	有江勇樹
作画監督	芝美奈子
美術監督	小山俊久

■GUEST CAST
ハモンド	内田直哉
ロザリー	伊藤実華
カノラ将軍	秋元羊介
ウェルマン	牛山茂
バーク	佐藤政道
タナー	鈴木琢磨
フォスター	永野広一
婦人客	城雅子

第5話 「レ・ソルダ」

■STAFF
脚本	月村了衛
絵コンテ	多田俊介
演出	川面真也
作画監督	つばたよしあき
美術監督	小山俊久

■GUEST CAST
老バーテン	大木民夫
男	星野充昭
ヴァネル	河野智之
女	大坂史子

第6話 「迷い猫」

■STAFF
脚本	月村了衛
絵コンテ	山本秀世
演出	山本秀世
作画監督	大澤聡
美術監督	小山俊久

■GUEST CAST
ナザーロフ	堀勝之祐
医者	田中完
老婆	多緒都
男	星野充昭

第7話 「運命の黒い糸」

■STAFF
脚本	月村了衛
絵コンテ	真下耕一
演出	橘正紀
作画監督	植田実
美術監督	小山俊久

■GUEST CAST
イズディン	谷口節
キラム	立木文彦
老人	石森達幸
捕虜A	永野広一
捕虜B	坂口候一
ゲリラA	川島得愛

第8話 「イントッカービレ（acte I）」

■STAFF
脚本	月村了衛
絵コンテ	川崎逸朗
演出	川崎逸朗
作画監督	鍋田香代子・入江健司
美術監督	小山俊久

■GUEST CAST
シルヴァーナ	冬馬由美
サルヴァトーレ	小林修
フランチェスコ	長克己
ドン・マルコ	梅津秀行
ドン・ルシオ	園部啓一
パウロ	江川央生
ドミニクス	神谷浩史
リッツオ	鈴木琢磨
リカルド	河野智之
女性	城雅子
女の子	辻香織

第9話 「イントッカービレ（acte II）」

■STAFF
脚本	月村了衛
絵コンテ	川崎逸朗
演出	川崎逸朗
作画監督	入江健司・鍋田香代子
美術監督	小山俊久

■GUEST CAST
シルヴァーナ	冬馬由美
パウロ	江川央生
ドミニクス	神谷浩史
司祭	八木光生

第10話 「真のノワール」

■STAFF
脚本	月村了衛
絵コンテ	有江勇樹
演出	有江勇樹
作画監督	芝美奈子
美術監督	小山俊久

■GUEST CAST
デスタン	鈴木泰明
検察官	永野広一
情報屋	田中完
警官A	河野智之

第11話 「月下之茶宴」

■STAFF
脚本	月村了衛
絵コンテ	多田俊介
演出	川面真也
作画監督	植田実
美術監督	小山俊久

■GUEST CAST
ソルダの男	納谷悟朗
男A	坂口候一
男B	永野広一
男C	河野智之
男D	酒井敬幸

第12話
「刺客行」
■STAFF
脚本　月村了衛
絵コンテ　山本秀世
演出　山本秀世
作画監督　宮地聡子
美術監督　小山俊久
■GUEST CAST
ライマン　糸博
ゼルナー　納谷六朗
ヴィント　永野広一
ロシュマン　坂口候一
ハインツ　川島得愛
護衛　河野智之

第13話
「地獄の季節」
■STAFF
脚本　月村了衛
絵コンテ　橘正紀
演出　橘正紀
作画監督　つばたよしあき
美術監督　小山俊久
■GUEST CAST
ミロシュ　関俊彦
ガレ　荒川太郎
ポーレット　山口由里子
ルナール　坂口候一
男A　永野広一
男B　河野智之

第14話
「ミレイユに花束を」
■STAFF
脚本　月村了衛
絵コンテ　山野あきら
演出　有江勇樹
作画監督　大澤聡
美術監督　小山俊久
■GUEST CAST
フェデー　大塚芳忠
デュボワ　坂口候一
アンドレ　永野広一
ルネ　河野智之
要人　田中完

第15話
「冷眼殺手 (acte I)」
■STAFF
脚本　月村了衛
絵コンテ　山本秀世
演出　山本秀世
作画監督　芝美奈子
美術監督　小山俊久
■GUEST CAST
シャオリー　高乃麗

ソルダの使者　関根信昭
ユン　池田勝
ウー　小室正幸
ヤン　辻親八
ホウ　中田和宏
側近　永野広一
チュウ　河野智之
ソン　田中完
フェデー　大塚芳忠

第16話
「冷眼殺手 (acte II)」
■STAFF
脚本　月村了衛
絵コンテ　山本秀世
演出　山本秀世
作画監督　江森真理子
美術監督　小山俊久
■GUEST CAST
シャオリー　高乃麗
ユン　池田勝
ウー　小室正幸
ヤン　辻親八
ホウ　中田和宏
チュウ　河野智之
構成員A　永野広一
構成員B　茂木優
構成員C　米田直嗣

第17話
「コルシカに還る」
■STAFF
脚本　月村了衛
絵コンテ　山野あきら
演出　川面真也
作画監督　つばたよしあき
美術監督　小山俊久
■GUEST CAST
ベルトニエ　小林清志
マドラン　石丸博也
マリー　浅井淑子
老人　田中完
男　河野智之

第18話
「私の闇」
■STAFF
脚本　月村了衛
絵コンテ　橘正紀
演出　橘正紀
作画監督　大澤聡
美術監督　小山俊久
■GUEST CAST
ソルダの男　藤本譲
老婦人　鈴木れい子
運転手　田中完
店員　河野智之

第19話

「ソルダの両手」
■STAFF
脚本　月村了衛
絵コンテ・演出　有江勇樹
作画監督　芝美奈子
美術監督　小山俊久
■GUEST CAST
エドリンガー　高木均
教授　丸山詠二
評議員　川久保潔
評議員　筈見純
評議員　佐藤正治
評議員　中村秀利
男　坂口候一
男　河野智之

第20話
「罪の中の罪」
■STAFF
脚本　月村了衛
絵コンテ・演出　山本秀世
作画監督　田中雄一
美術監督　小山俊久
■GUEST CAST
評議員　川久保潔
評議員　筈見純
評議員　佐藤正治
評議員　中村秀利
騎士　坂口候一
騎士　河野智之

第21話
「無明の朝」
■STAFF
脚本　月村了衛
絵コンテ・演出　川面真也
作画監督　つばたよしあき
美術監督　小山俊久
■GUEST CAST
ローラン　鈴木琢磨
男　坂口候一

第22話
「旅路の果て」
■STAFF
脚本　月村了衛
絵コンテ・演出　橘正紀
作画監督　大澤聡
美術監督　小山俊久
■GUEST CAST
トリスタン　渡部猛
マルグリット　さとうあい
評議員　川久保潔
評議員　佐藤正治
評議員　中村秀利
男　永野広一
男　坂口候一

男　河野智之
男の子　多緒都
女の子　神田理江

第23話
「残花有情」
■STAFF
脚本　月村了衛
絵コンテ　川本つよし
演出　有江勇樹
作画監督　江森真理子
美術監督　小山俊久
■GUEST CAST
ブレフォール　銀河万丈
評議員　筈見純
男　永野広一
男　河野智之

第24話
「暗黒回帰」
■STAFF
脚本　月村了衛
絵コンテ・演出　山本秀世
作画監督　芝美奈子
美術監督　小山俊久
■GUEST CAST
ボルヌ　勝生真沙子
マシンヌ　篠原恵美

第25話
「業火の淵」
■STAFF
脚本　月村了衛
絵コンテ　橘正紀
演出　川面真也
作画監督　つばたよしあき
美術監督　小山俊久
■GUEST CAST
ボルヌ　勝生真沙子
マレンヌ　篠原恵美

第26話
「誕生」
■STAFF
脚本　月村了衛
絵コンテ　川本つよし
演出　有江勇樹
作画監督　大澤聡
美術監督　小山俊久
■GUEST CAST
ブレフォール　銀河万丈
ボルヌ　勝生真沙子
マレンヌ　篠原恵美
評議員　川久保潔
評議員　筈見純
評議員　中村秀利
女　多緒都
女　神田理江

NOIR

ニュータイプイラストレイテッド・コレクション
ノワール -Les deux vierges-

2002年1月30日初版発行
2002年3月30日第2刷発行

発行人／井上伸一郎
発行所／株式会社角川書店
　　　　〒102-8177東京都千代田区富士見2−13−3
　　　　営業03-3238-8530　編集03-3238-8606
　　　　振替00130-9-195208
編集／沼田孝一
　　　鈴木豊
構成／大門弘樹
執筆／大門弘樹
　　　久保隆二
カバー描き下ろしイラスト／菊地洋子
協力／ビクターエンタテインメント
　　　ビィートレイン
　　　アーツビジョン
　　　青二プロダクション
　　　トルバドール音楽事務所
装丁・デザイン／早川徹
DTP・印刷・製本／大日本印刷株式会社

落丁・乱丁本はご面倒でも小社営業部受注センター読者係宛にお送りください。送料は小社負担でお取り替えいたします。

P1：「CD：オリジナルサウンドトラック」より
illustrated by SATOSHI OSAWA
P3：「番組宣伝用イラスト」より
illustrated by YOKO KIKUCHI
P7：ミレイユ描き下ろし
illustrated by YOKO KIKUCHI
finished by NAOKI FUKUYA(STUDIO ROAD)
background by PRODUCTION AI
P18：霧香描き下ろし
illustrated by YOKO KIKUCHI
finished by NAOKI FUKUYA(STUDIO ROAD)
background by PRODUCTION AI
P30：クロエ描き下ろし
illustrated by MINAKO SIBA
finished by MAKIKO KOJIMA(STUDIO ROAD)
background by PRODUCTION AI
P36：アルテナ描き下ろし
illustrated by SATOKO MIYAJI
finished by TAKAYUKI YOKOSE(STUDIO ROAD)
background by PRODUCTION AI

©2001　月村了衛・ビィートレイン・ビクターエンタテインメント
©2002　Kadokawa shoten

Printed in JAPAN　禁無断転載・複製

ISBN4-04-853423-8 C0076

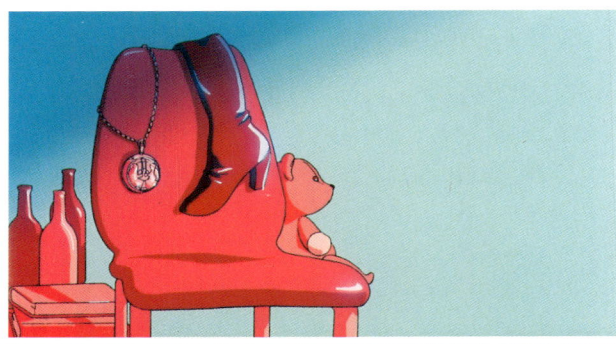

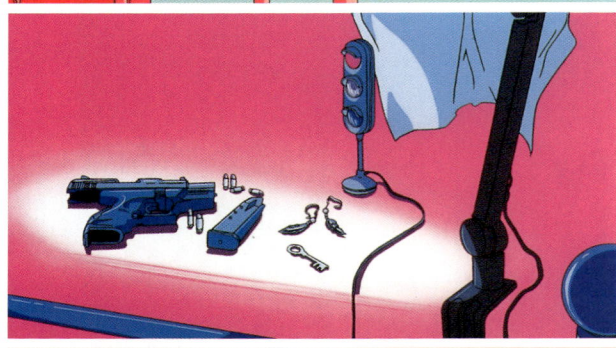